絆《きずな》はその好機を
逃さず、
追い詰める。
ディメンションウェーブ
「舐《な》めるなよ!」
1
Aneko Yusagi
アネコユサギ
illustration 植田 亮

「何それー！デカ！」

俺は今、ブスーっとした表情で
紡《つむぎ》と奏《かなで》姉さんと合流した所だ。

背中には巨大な魚……

『ぬし』を背負っている。

「乱舞一ノ型・連撃……」
硝子《しょうこ》がスキル名を呟《つぶや》く。

「待ってくだされ！」
頭からすっぽりと黒装束を
身に纏《まと》った忍者みたいな奴がいた。

鼓膜を破るかの如《ごと》く、
ガラスを地面に落とした音。
方向は硝子が指摘した風がした場所、
第一都市の方角。

「なっ!?」

現実では決して起こらないであろう
空間そのものにヒビが入った様な黒い線。

CHARACTERS
ディメンションウェーブ 1

絆《きずな》†エクシード
「ディメンションウェーブ」に参加した少年。種族は魂人《スピリット》。姉妹のイタズラで美少女アバターになっている。

紡《つむぎ》†エクシード
絆の妹。種族は亜人。鎌使いの前衛プレイヤー。天真爛漫《てんしんらんまん》で面白いことが好き。

奏《かなで》†エクシード
絆の姉。種族は人間。剣士スタイル。堅実なプレイスタイルを好む。

函《はこ》庭《にわ》硝《しょう》子《こ》
扇子を武器に戦う。種族は魂人《スピリット》。やや浮世離れした和風美少女。

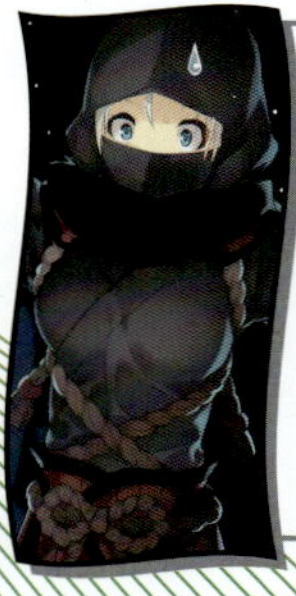

闇《やみ》影《かげ》
忍者のロールプレイをしている少女。種族は魂人《スピリット》。男忍者衣装を着て、「ござる」口調を使う。

ディメンションウェーブ　1

アネコユサギ

ヒーロー文庫

ディメンションウェーブ 1

Illustration 植田 亮

CONTENTS

プロローグ 005
一話 解体ナイフとボロい竿《さお》 018
二話 ニシンと解体 030
三話 商人アルトレーゼ 039
四話 復讐と成果 076
五話 グラススピリット 102
六話 第二都市 116
七話 闇から這《は》いずる影 127
八話 効率が良くて、金が稼げて、人がいない場所 159
九話 大海原へ 189
十話 小さな失敗、大きな経験 197
十一話 ディメンションウェーブ 始動 215
十二話 前線組 227
十三話 防衛戦 263
十四話 ディメンションウェーブ 終結 299

イラスト／植田亮
装丁・本文デザイン／5GAS DESIGN STUDIO
校正／佐久間恵（東京出版サービスセンター）
DTP／鈴木庸子（主婦の友社）

プロローグ

――異世界で第二の人生全うしてみませんか？

セカンドライフプロジェクト第二弾！


『ディメンションウェーブ』参加者募集中。締め切り迫る！


「どう？」

背景と人物が実写さながらに描かれている。

ゲーム雑誌に七ページも組まれている所を見るに相当人気はあるらしい。

「どう、と言われてもな……」

突然やってきた二人の女性……姉と妹なのだが、二人にゲームの雑誌をぐいっと押し付けられ、ドヤ顔で『どう？』と訊ねられた。

正直、この二人が何を伝えたいのかさっぱり分からない。まあ、ゲームみたいだから気にならないかと言われれば嘘になる。書かれているジャンルはＭＭＯＲＰＧ。俺はどちらかと言えば牧○物語とか、ワー○ド・ネバー○ンド系みたいな淡々と日常を繰り返すゲームの方が好きだ。

「もう～ノリが悪いったら～！」

「ね～！」

「…………」

なんだ、このテンションの高さは。自分で口にするのはアレだが、兄妹仲は良い方だと思っている。一緒にゲームをやるし、姉も妹も大のゲーム好きだ。

「ねぇねぇ。お兄ちゃんはこのゲームどう思う？」

妹が猫撫《ねこな》で声で訊ねてくる。やはりテンションが高い。あまりのテンションの高さに若干引いたが血を分けた兄妹なので、例え様もない衝動を飲み込み渡された雑誌に目を落とす。

ディメンションウェーブ。

どうやらオンラインゲームの様だ。プレイヤーはゲームの世界で次元の波と呼ばれる敵対者に沢山の仲間達と協力して立ち向かうという内容らしい。流し見る限り、様々な武器や魔法を駆使してモンスターを倒すという典型的なＲＰＧだ。

お、釣りとかも出来るのか。こういうの好きなんだよな。じっくりのんびりやる様なプレイスタイル。

選べる種族も何個かある。

お？　普通とは違う感じの説明がある。なになに？

――大好評を博した第一弾と同じくプレイヤーにはゲームの中で第二の人生を体験してもらうべく、ゲーム終了までログアウトが出来ません。しかしゲーム内において現実とは違う時間で進行します。ゲームクリアまでの時間は数年でございますが、現実の時間に換算すると二十四時間となり、時間の足りない社会人の方でもお楽しみいただける内容となります。現在参加者募集中なので奮ってご応募をお待ちしています！　参加希望者は下記のアドレスにアクセス！

だそうだ。

そういえば、一年位前に騒がれていた覚えがある。ＶＲＭＭＯの人気会社が出した第二人生計画というやつだったか。

雑誌にも書かれている通り、ゲーム内では数ヶ月、あるいは数年を現実では数時間としたシステム。主に社会人を中心に人気があり、ゲーム終了までログアウトできないという内容を兼ねてセカンドライフって名称らしい。

ゲーム内容の関係でひと月に一度の頻度で開催され、どれも一部の声を除いて大多数が納得の出来だと賞賛したって話だ。ネットの情報サイトで見た。

というのも俺の友人もプレイして絶賛していたから、相当面白かったのだろう。

社会問題としてはプレイ後、少し言動が変わった……という例が報告されていた。体感時間で数年もゲームをしていると人格形成に多少の影響があるのかもしれない。

尚、俺の友人はゲーム内で彼女が出来たらしく、リアルでも付き合っている。

ケッ！　リア充が！

……補足だが、ゲームの参加費が結構高額だったはず。

専用の機材が必要とかで、ゲームコストも高く、そもそも会社も商売でやっているのだからしょうがない。要するに、少なくとも学生がやるにはかなりお高いゲームだ。

「で、これがどうしたんだ？」

正直、父さんや母さんにおねだりしても、ダメの声しか出ない類《たぐい》の品なのだが……。

「ふふ～ん！」

相変わらずのテンションのまま姉が一枚の封筒を取り出した。

差出人にセカンドライフプロジェクトと記入されている。

「ま、まさか……」

「その通り、ゲーム参加権よ！」

「どこでそれを手に入れた。まさか犯罪では――」

「この前ゲームの大会で優勝したの！　その景品だよ！」

俺の冗談を完全に無視して妹が楽しそうに説明した。

この参加資格が賞品になっている大会というと、傘下の系列会社が先日開催した対戦格闘アーケードゲームだったか。凄《すご》く賑《にぎ》わったと情報サイトで見た。なんでもこの参加権目当てに参加した奴が殺到したとか。

家族がその中に含まれていたとは……微妙な気分だ。

「一枚で三人まで参加できるのよ！」

ドヤ顔の姉。高揚した気分からか今にもどこかへ飛び出していきそうな妹。

「三人って……なんか微妙な人数だな」

普通二名か四名じゃないか？

聞いた話では恋人同士が夫婦感覚で参加し、関係を深めたという話を耳にした。中にはゲームの中で関係をこじらせて別れたという話もあるが……。

ともあれ俺も参加できるのか。

……いや、ちょっと待て。

「なあ、これオークションで売らな――ぐはっ！」

言い終わる前に妹の拳が右頬にめり込んでいた。

「売る訳ないじゃない！　お兄ちゃんのバカ！」

「いや、これ一枚売って儲《もう》けた金で家族旅行でも――ぐはっ！」

今度は左頬に姉の拳がめり込んでいた。

「私、お父さんとお母さんへの親孝行は、社会人になってからで良いと思うの」

なんて欲望に忠実な奴等だ。

まあ元々俺のものでもないし、ああだこうだ言える立場ではないが。

「それで、二人とも……あと一人は誰か友達でも誘うのか？」

「「え？」」

「ん？」

二人が不可思議なものを見る目で俺を見つめてくる。

「お兄ちゃんやりたくないの？」

「いや、別に？」

面白そうだがVRゲームだと思うと気が引ける。

「俺はVRゲーム機と相性悪いしな」

VRゲーム機。あるいはダイヴ系オンラインゲーム。

近年オンラインゲーム業界に吹き荒れた一陣の風。

ほんの少し前まではSFのジャンルの一つ、サイバーパンクとして有名だった。

そんな夢と希望のダイヴ系オンラインゲームだが、出始めの頃は大きく騒がれたけれど、一部のゲーマーを除けば評価は良くなかった。

第一に、日本人ゲーマーなら理解してくれると思うのだが体感系、VRと呼ぶ人が多いダイヴ型サイバーワールドが肌に合わない人。

例えるならドットで作られたテレビゲームが未《いま》だに人気がある様に、テレビ画面を眺めながらプレイする環境に慣れたプレイヤーには受けなかった。

俺は生まれた時から綺麗な3Dのゲームがあった世代なので気にならなかったが、ドットから3Dのゲームへ移行する際に拒絶反応があった人は結構いたらしい。

まあその程度ならばダイヴ系ゲームに俺が拒否感を抱くはずがない。

第二に、人間の脳波の影響が強く出てしまう。

近年判明した事なのだが、人間の脳波、演算力といわれるものは個々人により相当な差があるという。要するに昔から瞬間判断力だの決断力だの言われていたアレの正体が判明した訳なのだが、脳の電子伝達速度がゲームに関わってくるダイヴ系のゲームはどうしても本人の能力によって差が出てしまう。

つまる所スタートラインが同じではないゲームに不満を抱くゲーマーが続出、一部の適応できたプレイヤーを除けば需要は思ったよりも高くない。

まあタッチペン画面なんかも最初の頃は受けが悪かったらしいので、科学の進歩と共にゲーム機の性能が上がって個人の能力に影響を受けなくなれば大ヒットするだろう。

そういえばそんな話をどこかで聞いた様な――

「お兄ちゃん、ポッドタイプは脳波一定プログラムが内蔵されてるから誰でも大丈夫なんだよ？」

「ああ、そうか。参加費が高い理由にそれもあったな」

ポッドタイプ――ＶＲゲーム機の高性能版とでも呼べば良いのだろうか。

一般的なパソコンみたいな機材にヘッドマウントディスプレイを付ける物とは違って、専用の空気を吸える液体を浸したポッドの中に人ひとりを丸々収納してゲームに接続するという少々マッドサイエンティフィックな機械だ。

つい言葉にも洩《も》らしたが、この機材が参加形式である理由で、ほんの一日起動させるだけでも相当費用が嵩《かさ》むんだそうだ。

「まあ俺でも出来るのは分かったけど、二人は他に誘う人いないのか？」

「せっかく三人参加なんだから弟と妹と一緒にやった方が楽しいじゃない」

「うんうん！」

「じゃあ俺も一緒にさせてもらうよ。ありがとう」

なんというか、かなり嬉しかった。

そんな訳で俺はディメンションウェーブに参加する事となった。

†

そうしてゲーム参加当日。

俺達三人は電車に乗ってイベント会場に来ていた。

会場には二人にせがまれて早く来ていたというのに既に人で混雑している。

事前に持って来る物は参加券と参加プレイヤー用に配布されたキャラクタークリエイトデータの入ったUSBメモリ。

ゲームの仕様上キャラクター作成に時間が掛かる為、事前に作っておいて欲しいという事だ。

俺のキャラクターは三日前から考えに考えた筋肉マッチョの巨漢。

筋肉キャラは世間的に人気が高くないが、俺はかっこいいと思うんだよ。

種族は人間、亜人、草人、晶人、魂人の中で魂人を選んだ。

上からヒューマン、デミヒューマン、エルフ、ジュエル、スピリットと読む。

選んだ理由はレベル、HP、MPが存在しないという、この手のオンラインゲームでは珍しい種族だからだ。公式サイトで少し説明が載っていたが、詳しい内容は手探りだ。

この中で気になったのはジュエルとスピリットだが、最終的にスピリットを選んだ。

珍しい種族が好きなもので。

尚、俺以外は姉が人間で、妹が亜人だ。聞いていないのに教えてくれた。

「お、入場が始まるみたいだぞ」

そう言うと興奮でそわそわしていた二人が前進を始めた。

途中、設けられたスペースで、ＩＤパスが内蔵された三つ発行された参加権の内の一つ、俺の券を職員に渡すと番号の割り振られた青いプラスチックの付いた鍵を渡された。

そして更に進むと二つの道に分かれている。男女で分けているらしい。

「また後でね」

「ばいば〜い！」

簡単に手を振った後、男子の方を進むと更衣室に到着した。結構広い。

鍵に書かれた番号のロッカーを見つけて扉を開けると一着の服が入っていた。

これも事前に公式サイトで参加権の番号と一緒にスリーサイズを入力しておいたので、専用の服が用意されているという訳だ。

早速着替える。まるでアニメとかに出てくるパイロットスーツみたいな柄だ。

感触としては妙にピチピチしている。

両隣の奴も恥ずかしそうに無言で着ている所を見るに同じ事を考えているのだろう。

なんでも元々は全裸でダイヴ用ポッドに入っていたが不評で、移動専用の服を用意する事になったらしい。更に服には緊急用の人命救助装置なんかも付いている。これも参加費が高額になる理由だろうな。

そんな風に考えながら着替え終わった俺はロッカーの鍵を閉めたのを確認して先を急ぐ。

「うわ……」

広がった光景は噂に聞くコールドスリープが出来そうなポッド群。

人ひとりが入る為か、かなり大きい。俺の部屋のベッドと同じ位だ。

「なになに？」

USBメモリの差込口と入り方、閉め方の記されたシールがポッドに大きく貼られていて、誰でも一目で使い方が分かる。俺は書かれている通りUSBメモリをコネクターに差し込み、ポッドに入って閉め忘れが無いかを確認した後、ゆっくりと寝転がった。

ゲーム開始までは時間があるので、ゲーム内で何をするのか考える。

二人は戦闘職をする様な事を言っていたが、俺は別の目的があった。

あの日雑誌で見た『釣り』とやらをやってみようと思う。

MMORPGで釣りとかアレな気もするが、ゆっくりのんびり余生を楽しむのもセカンドライフというゲーム会社の趣旨に合っていると思うんだ。まあその後は今考えてもしょうがない。ゲームをやっていればいずれ目的も決まってくるだろう。

と、考えた所でゲームのタイトルにもなっているディメンションウェーブというイベントをすっかり忘れていた事を思い出す。

イベント自体は自由参加で、参加するかどうかは決めかねているが、二人はきっと参加するのだろう。せめて何か援助くらいしたいな。

「お？」

『それでは参加者の皆様、開始の時間となりました。参加される方はゲーム開始までどうかポッドから出ないようお願い申し上げます』

随分と考えに没頭していたのか時間になり、アナウンスと共に液体が注がれてくる。

液体は緑色……ではなく、ポッドの中にあるライトと同じ色だった。

何かの演出だろうか。どうやら無色の液体みたいだ。見る見る内に液体が満タンになり、思わず止めていた呼吸が空気の欲しさから本能的に再開する。

驚いた。本当に息が出来る。今まで半ば疑っていたのだが。

――データを参照しています０％………………１００％。

――参照完了。脳波一定プログラムの負荷テストを始めます。

視界に、というか脳に直接映像が流れ込んできた。

現実以上に綺麗な光景が浮かぶ。

ファンタジーの街並みに沢山の人が動き回っている映像だ。

音もしっかり拾っており、近くに見える商人の様な男性が接客をする声や雑踏の足音まで も沢山耳に入ってくる。

俺は相性の関係で、普通のＶＲゲーム機を使ったら大きな遅延が発生するレベルなのだが、驚いた事に乱れ一つ無く、更には画像の解像度も非常に良い。

さすがは専用機材といった所か。

——テストを終了します。全ての手順が終了後、ゲームを起動します。

それにしても耳を介さず脳に直接言葉が送られてくるのにはあまり慣れない。

ＳＦの世界にでも入り込んだ様な錯覚を覚えるが現代の科学力は相当高いのだろう。

興奮とでも呼ぶのが適切なのだろうが、妙に落ち着かずキョロキョロと周りを見回していると突然ブツンと視界が途切れた。

「今のは、ちょっと嫌な感覚だな」

ゲームに限らずダイヴ系機械全般に言える事だが、突然視界が消えるのは、テレビの電源を切ったみたいに感じて苦手だ。

まるで今まで暮らしていた場所が現実ではなかったみたいな、そんな感覚だ。


——It is a blessing to your life!


直訳で『貴方の人生に祝福を』か？

英語はそこまで得意でないので分からん。

そんな事を考えていると俺の意識は少しずつ薄れていった。

一話　解体ナイフとボロい竿《さお》

――第一都市ルロロナ。

という文字が視界の右下に表示される。

「ん……？」

意識を失っていたのはほんの数秒か。

いや、リアルの時間で換算すると一コンマも眠っていないのだろう。

ゲーム会社の説明を信じるならば、この瞬間からゲームはリアルと全く違う時間が流れている事になる。

説明通り、ゲーム終了まで俺達はこの世界で生きていく事になるって事か。

周囲を見渡すと現実以上の光景が浮かぶ。

白い石畳、遠く見える西洋の城……よく見ると石畳が薄汚れている。言い表すなら現実感とでも呼べば良いのか。確かにそこに存在している、そんな汚れだ。

「お？　始まった始まった！　おーい！　えっと……ゲーム内だと『てりす』だったな！　こっちだこっち！」

「あ、いたいた！　た――じゃなくて『らるく』！」

美形の男女が近くで見つめ合っている。人間の男と晶人の女の組み合わせだ。リアルの知り合いで近くにゲームＩＮできたって事なのかな？

「さーて！　んじゃ早速楽しもうぜ！　まだゲームは始まったばかりだぜ！　ここ最近は忙しかったし、短い休日を最大限引き延ばして遊ぶぜ！」

「そうね！　最近会えなかったし……久しぶりに二人っきりなんだもんね……」

「おうよ！」

なんか甘い雰囲気を出してますが二人っきりじゃないと思う……。

まあ、少ない休みをゲームで引き延ばす計画のプレイヤーがいる事が事実だと分かったのは収穫かな？

辺りからはログインした奴等らしき者達の声が次々と聞こえ、雑踏の様な喧騒に包まれる。

ＶＲＭＭＯをプレイした事はあるが、ここまでリアリティが高いのは初めてだ。

「さて、感動も程々にゲームでも始め……ん？」

妙に高い声が響いた。

キャラクタークリエイトでは声のタイプまで自由に細かく調整できるのだが、システムをふんだんに使いました、みたいな女声だ。

確か俺は渋くて厳《いかつ》い野郎の声を作成したはずだ。間違ってもこんなロリボイスじゃない。何かの設定ミスだろうか？

……嫌な予感がする。俺は店先のガラスの反射を利用して自身の体を確認する。

「どう見ても女の子です。ありがとうございました」

思わず呟《つぶや》いていた。

というのも……長い漆黒の髪、幼い身体、小さなお手々、小さなお足、貧相なお胸。

衣服は初期装備なのか簡素な白地のワンピース。

ご丁寧にスカートを穿《は》いている感覚までも再現されていて、股下がスースーする。

――『絆《きずな》†エクシード』さんに複数チャットが届きました。参加しますか？

脳内に直接音声が響く。送り主は『紡《つむぎ》†エクシード』知らない奴だ。

よく考えると俺の名前に似ている。俺をハメた犯人だな。

俺は複数チャットとやらに参加すると、念ずるとチリーンというシステム音と共に二人の声が聞こえてきた。

「あ、お兄ちゃん？」

「やっほ～」

二人の声が響く。リアルと同じボイスを使っているのか、声に変化は無い。

「『あ、お兄ちゃん？』じゃないわ！　なんでキャラの外見から名前まで変わってるんだ

よ！　そっちの愚姉も後で覚えてろよ！」

姉の名前は『奏《かなで》†エクシード』二人のセンスに文句を言ってやりたい。

三人共苗字同じ、しかも漢字＋記号＋カタカナって厨二病末期じゃないか？

「だってお姉ちゃん、妹がもう一人欲しかったんだも～ん」

「私も妹が欲しかったんだ！」

「「だから弟（お兄ちゃん）を参加させたんだし！」」

「はぁ……」

思わず溜息が出た。ゲームの中で溜息を吐く事になろうとは。俺がどんな外見にするのか聞いてこないと思ったら、昨日の内にデータを書き換えられていたみたいだ。

「それにね？」

「ん？」

「ゲームの世界で何ヶ月、もしかしたら何年も暮らすんだから繋《つな》がりが欲しかったの」

「姉さん……」

どうやら一応の理由はあるみたいだ。

いや、まあだからって俺を女にするか？　立派な不正アクセスに分類されるんじゃね？

というか俺、ゲーム終了までネカマプレイ強制かよ！

「それにね……」

「ああ」

「私達の紹介をする時、三姉妹の方が語呂、良いと思うの」

「………………」

これ笑うとこ？　普通に怒る所だよな。

「……もうそれで良いよ。性別が違った方が第二の人生って感じだしな」

女きょうだいに一人だけ男だと、こういう理不尽は何度も経験している。

楽しいゲームで家族相手に怒るのはお互い面白くない。

「お兄ちゃん、これからどうする？」

「ん～一応釣りスキルを手に入れて、釣りでもしてようかと」

「マイナーなのやるんだね。絆ちゃん」

「絆ちゃん……」

……なんだろう、この例え様もない程のしっくりこない感。

俺は三姉妹の中で一番下の設定になったのか？

「せめてお兄ちゃんをつけろ」

「えー……」

「女にされたんだそれ位は認めろ」

「うーしょうがないなー」

なんでそこで譲歩されなきゃいけないんだろうな。

「私は普通に狩りの予定だけど、奏お姉ちゃんは？」

「何を装備するのか決めてないからお店回ってみようかしら」

「じゃあ別行動って感じかな？」

「そうだね。後でまた電話……じゃなくてチャット送るね」

「おう」

――チャットが終了しました。通常会話に戻ります。


さて、当初の予定通り釣りでも始めるか。確かスキルは習得制だったはず。

俺は意識してカーソルメニューの中からステータス、スキル、アイテムの画面を開く。

名前／絆†エクシード　種族／魂人
エネルギー／1000　マナ／50　セリン／500
スキル／エネルギー生産力Ⅰ　マナ生産力Ⅰ
アイテム／初心者用武器ボックス　初心者用エネルギーポーション×10
魂人マニュアル

俺はアイテム欄の魂人マニュアルを選択する。

すると文庫本サイズの本が手元に出現した。ページを開くと日本語ではない文字が羅列している。しかし何故か読む事が出来た。魂語《たましいご》と呼ぶらしい。

「えっと……」

――魂人は他種族と違い、レベル、HP、MP、STR、AGI、INT、MIND、DEX、LUKが存在しない。

それ等全ての数値を合わせてエネルギーとし、エネルギーが多くなればなる程強くなる。

エネルギーが増えればその分敵からの攻撃を耐える事も可能となるがHPダメージやMP消費もエネルギーから使われるので気を付けなければならない。

なるほど。かなり変わった種族だ。

要するにエネルギーが多ければ攻撃、防御、HP、MPと全て可能だがレベルも兼ねているのでエネルギーを使い過ぎたら他のゲームでいうレベルダウンした様な感じになるって所か。

――マナは他種族ではスキルポイントや熟練度に属し、必要に応じたマナを消費する事でスキルを取得する事が可能となる。

スキルは使用する毎にエネルギーを消費するものと、常に消費するものの二種類存在する。


——スキル取得は他種族と同じく、該当する行動を取る事で項目が増える。

魂人の場合は出現したスキルにマナを使う事で初めて効果を得る事が出来る。

取得したスキルはエネルギーを消費する事で維持が可能。また必要が無くなったスキルの場合、スキルランクをダウンさせる事が可能、成長に必要なマナの半分が戻ってくる。

尚、総エネルギー量が計算式でスキルによって0を超えた場合、+になるまでランダムでスキルをランクダウンさせる。


どうやらスピリットはエネルギー管理が重要な種族って事か。

まあ、なるようになるだろう。

俺はマニュアルをパタンと閉じるとアイテム欄に放り込んだ。

次に初心者用武器ボックスを選んだ。箱の中には沢山の武器が並んでいる。

どれも初心者用と名が付くだけあって外見は普通だ。

一つ、ハズレじゃなさそうな片手剣を持ってみる。

すると片手剣の簡単な説明文が出現した。俺はざっと読んで箱の中に戻す。

奏姉さんも決めてなかった様に公式サイトでも沢山武器紹介があったが、どれが良いのか分からず今日まで決めていなかった。反応から察するに紡は決まっていたみたいだが。

「お？」

一瞬面白そうな武器が表示されていた。箱の中から取り出してみる。

武器／初心者用解体ナイフ。

説明／狩猟した生物の解体用に作られたナイフ。

解体武器解説……生物や植物などを解体する為に作られた武器群。

モンスターを倒した際にアイテムをドロップする。

説明短いな。片手剣は盾が装備できるとか、スキルの特徴とか書かれていたぞ。

これにしよう。面白そうだし。

俺は解体ナイフを取り出すと決定を選択した。

ナイフを装備っていうか手に持つと装備って事になるのか。

ステータス画面もエネルギーとマナが表示されるだけで、装備欄とかも無いから装備したら強くなったのかがいまいち分からない。

まあＶＲゲームにありがちな手に持ったり着たりすれば装備って事にはなるんだろう。

ともあれ、釣りをするには竿《さお》が必要だ。

竿が売っている場所はどこだろうか。道具屋あたりが妥当だよな。

俺はカーソルメニューの中から地図を選択する。

今いる街……名称はルロロナと呼ぶ。

その中で袋のマークが浮かんだ場所を探し出し、その方向へ歩く。

道具屋は灰色の四角い建物だ。横に袋の看板がちょこんと立っている。

既に何人か人がおり、人間、犬耳尻尾が生えた亜人、耳が尖《とが》った肌が白い草人、胸に蒼《あお》い宝石が埋め込まれた晶人と様々だ。

……何故かスピリットだけいないが、偶然だろう。

道具屋に入ると品物が沢山置かれている。

回復用のポーションに始まり、種、汚れた紙、銅、金槌《かなづち》、鍋、フライパン、すり鉢、クワ、つるはし、スコップ、竿。

竿があった。

しかし木の棒に糸が括《くく》りつけられた、少年マンガにでも出てきそうなボロい竿だ。

といっても、ここで竿を買わなければ釣りが出来ない。さてさて竿の値段は？

――600セリン。

ステータス欄に載っていたセリンって金の事だったのか。

しかし100セリン足りないぞ。

何か売れる物は……先程手に入れたばかりの解体ナイフ、初心者用エネルギーポーション、現在着ている服。肌の感触から下着はあるみたいだし、服くらい無くても後から購入すれば……初心者用エネルギーポーションが1個20セリンで売れるみたいだ。

「これを買い取ってくれ」

『はい、初心者用エネルギーポーションですね。1個20セリンで買い取らせていただきます。初心者用エネルギーポーション5個で100セリンになります』

チャリーンという音が響きセリンが600になった。そのまま竿を持って戻ってくる。

『ボロい竿ですね。600セリンになります』

おい……ゲーム上の仕様とはいえ、自分の店で売っている物をボロいって……。

店内で商品を眺めていた人間のお兄さんが一瞬『ブッ！』とか良い音出したぞ。

「てりすーボロいだってさ」

「酷《ひど》いわねー」

もしもこれが異世界転移的な現実だったら、ここで二度と買い物しないわ。

……NPCに突っ込んでもしょうがない。

俺は店主に対して湧き上がる感情を抑えながら、ボロい竿を手に入れた。

二話　ニシンと解体

俺はボロ竿《ざお》片手に地図上に青く塗られた海……海岸へとやってきた。

砂浜から糸を垂らすのもアレなので適当な桟橋を見つけ、そこに陣取って糸を垂らす。

十分経過……未《いま》だに釣れていない。

竿の説明文を読む限り、釣り餌という魚が引っかかる確率を上げるアイテムが無くても釣れるそうなのだが、生憎《あいにく》と全然釣れない。

でもまあゲーム内とはいえ青空を眺めながらぼーっと釣りをするのも気分が良い。

潮の匂いが現実と遜色ない。何より風は弱く、温度も快適、実に釣り日和《びより》と言える。

空の雲も、普通のゲームなら動かないか、仮に動いたとしても同じ動きしかしない。しかし、眺めている限り何か物理エンジンで演算しているのか雲が飛散したり、大きくなったり、風に流されたりとさながら現実みたいだ。

「そこの嬢ちゃん、竿が引いてるぜ」

「おお？　本当だ」

ピクンピクンと微弱に竿の先端が振動している。

俺はすぐに立ち上がり竿を引っ張る。

それ程強い力を入れた訳ではないが簡単に持ち上がった。


――ニシン獲得。


アイテム欄にニシンが入った。本当に餌なしボロ竿で釣れるんだな。さすがゲーム。

「教えてくれてありが……もういない。急いでいたのかな？」

先程声を掛けてくれた人へ感謝の言葉を伝えたかったが残念ながら既にいなかった。

移動途中に偶然見掛けて教えてくれたのかもしれない。

ともあれ釣れる事が分かったので、もう一度糸を垂らす。

「ニシンか、京都料理に確かニシンを使ったのがあった覚えがあるな」

道具屋に鍋とかフライパンがあった。

もしかしたら料理スキルで魚料理を作れたりするのかもしれない。

ニシンがいるという事はアジとか、イワシとか、サバもいるかもな。

ランクが上がればマグロとかタイも釣れるかも。

ちなみにマグロはどのマグロなんだろうか、ビンチョウマグロかクロマグロか、そもそもマグロは複数種類がいるのか。俺的にマグロの種類は譲れないんだが。

そんな事を考えているとまた竿《さお》の先端がちょんちょんと揺れた。

――ニシン獲得。

またニシンか。

ニシン……数の子、身欠きニシン、にしんそば、塩漬け、燻製《くんせい》。

あ、そういえばシュールストレミングもニシンだったか。

シュールストレミング。

テレビでは見た事があるけれど、実物は食べた事が無いな。臭いが付くらしいから進んで食いたいとも思わんが。料理スキルは取れたら取れば良いか。

まあ……食いたくなったら自分で作って食べれば良いか。ゲーム内のニシンの味がどんなもんかを知らなきゃいけないし。

†

「思ったよりも入れ食いだな」

あれから二時間。結果は上々だ。

ニシン7匹、イワシ3匹、アジ1匹。

ゲームと現実を混濁するつもりはないが、これが現実だったら中々の釣果《ちょうか》だろう。

どれも食べられる魚だしな。

「しかし……大きさに差があるな」

アジは一匹しか釣っていないので分からないがニシン7匹は大きさに差がある。

太いのと長いの。

これはニシンのレア度とか、品質値とか、そういう基準でもあるのだろうか。

そういえば道具屋に銅が売っていたが、あれも採掘して手に入れた銅なら同じ理由で純度なんかが品質値に関係する可能性がある。

純度が高い鉱石を使った方が武器防具には良いんだろうな。多分。

そういえば初心者用解体ナイフがあったな。この流れだと魚を解体できるかもしれない。

俺は腰に取り付けた鞘《さや》に納められた初心者用解体ナイフを抜くとニシンに向かい合った。

「どうやるんだっけ？」

現実で魚なんて捌《さば》いた事が無いので適当だ。確か鱗《うろこ》から落とすんだったか。

ナイフの峰の部分でニシンを削ってみる。

ゴリゴリという感触と共に鱗《うろこ》が何枚か剥がれ落ちる。

――小魚の鱗を4個獲得。


おお、解体ナイフ便利じゃないか。気に入った。

この流れだと肉や骨もアイテムになりそうだな。よーし！

気合が入って力が入り過ぎた。思いっきりナイフがニシンの胴の辺りにメリ込んだ。すると肉にも、骨にもならずニシンが消滅した。

「あ！」

やはりここはゲームの世界らしい。

なんだか今までが現実とあまりに差が無かったもんで、内心動揺している。

ともかく獲得した魚を全部解体してみるか。

結果、小魚の鱗27個、小魚の骨8個、ニシンの肉4個、ニシンのお頭1個、アジの肉1個、イワシの肉1個、という戦績だ。

なんか釣った量と肉の量が噛《か》み合ってない様な気がしないでもないが良しとしよう。

単純なアイテム量では四倍近い。

ちなみに解体も結構集中が必要だ。ちょっとミスると消滅する。慎重にやった所為《せい》でほんの11匹捌《さば》いただけで結構時間が経っている。
まあそこら辺はスキルを覚えると補正でも掛かるに違いない。
スキルといえば振ってなかった。ステータス画面を表示する。

名前／絆†エクシード　種族／魂人
エネルギー／１３００　マナ／65　セリン／0

おや、エネルギーとマナが何もしていないのに増えている。
なんでだ？　ああ、スキルにエネルギー生産力とかなんとかあったな。それか。

スキル／エネルギー生産力Ⅰ　マナ生産力Ⅰ

エネルギー生産力Ⅰ→エネルギー生産力Ⅱ。
毎時間１００エネルギーを生産する→毎時間２００エネルギーを生産する。
ランクアップに必要なマナ10。
マナ生産力Ⅰ→マナ生産力Ⅱ。

毎時間5マナを生産する→毎時間10マナを生産する。
毎時間0エネルギーを消費する→毎時間150エネルギーを消費する。
ランクアップに必要なマナ25。

「うわ！　三時間分無駄にしてる！」

俺はすぐに二つのスキルをⅡにランクアップさせる。エネルギーが1150になり、マナが30になった。どうやらスキルのエネルギー消費はランクアップした直後から発生する様だ。

しかしよく考えると一時間毎にエネルギーとマナが増えるのは良くないか？

通常の種族でモンスター狩ってレベルを上げた方が早いのか？　どっちなんだ。

まあいい。どうせ俺はスピリットなのだから、これでやっていくしかない。

そこでスキル欄を見ていて、薄暗い文字でスキルの中にフィッシングマスタリーⅠというものが増えている事に気付く。一応この三時間は無駄ではなかった様だ。ちなみにあの程度の量、魚を捌《さば》いた程度では解体マスタリーは出現していない。

フィッシングマスタリーⅠを取得しようと説明文を覗《のぞ》く。

フィッシングマスタリーⅠ。

釣竿《つりざお》を使った全ての行動に10％の補正を発生させる。

毎時間１００エネルギーを消費する。

取得に必要なマナ30。

取得条件、釣竿によるアイテムの獲得数が10個を超える。

ランクアップ条件、釣竿によるアイテムの獲得数が１００個を超える。


ギリギリ取得できるが、取得するとエネルギー効率が毎時間マイナス50になる。

これはダメだ。下手をすると何もしていないのに死亡って事も考えられる。

フィッシングマスタリーはエネルギー生産力のランクが上がってから取得する事にしよう。そんな風に考えながら、もう一度糸を垂らす。

「ん？」

糸を垂らした瞬間、とんでもない力で引っ張られた。

「うわっうわわっ！」

いきなりの事で竿を強く握っていた為、俺の身体、今は女の子の身体が引っ張られる。

単純なＳＴＲ、スピリットの場合エネルギーが足りていないのか、一応は踏ん張ってみた、が――そのまま落ちた。

バシャーン、ブクブクブクという泡沫《うたかた》の音と共に身体が海水に浸かる。

一瞬、大きな魚が見えたが、すぐに視界から消えていった。

くっ！　フィッシングマスタリーを取得していたら釣れていたかもしれないのに。

逃がした魚は大きいというが……ともかく陸に上がらないとな。

ゲームキャラクターだからか知らないが普段の俺より息が続く。俺は分身である絆†エクシードの小さな身体を見つめながら橋の上に戻った。

「ふぅ……」

橋に上がると衣服が濡《ぬ》れていた。そういう判定もあるらしい。

というかアイテム画面を眺めるついでにステータス画面を確認したらエネルギーが30減っている。海に落とされるとかもダメージ判定に含まれるのか。

「それ以前に釣竿《つりざお》持って行かれた……」

呆気《あっけ》に取られるとは正にこの事だ。まさか初期資金とポーションを売って手に入れた釣竿がこんな短時間で無くなるとは思わなかった。

「ははは……良い度胸じゃないか……」

決めた。あの魚、絶対釣って食ってやる！

三話　商人アルトレーゼ

「ふふふ……」

あれから十分後。

持っていた鱗《うろこ》や骨、魚肉を全て売り払い、もう一度ボロ竿を買い直して戻ってきた。

ちなみに今度は餌も買ってきた。代わりに全財産が65セリンとすっからかんだ。

ともあれあの魚、絶対に食ってやる。俺は根に持つタイプだ。

対戦ゲームとかでも熱くなって紡と度々やるのだが、生憎《あいにく》と勝率はあまり高くない。

あいつ、対戦ゲーム得意なんだよな。大会に優勝してこのゲームの参加権を得るくらいには強い。一番得意なゲームがFPSという、戦争の申し子とでも言えるくらいだ。

しかし自分でも思うが海に向かって不敵に笑う女の子とかドン引きだよな。

まあ良い。あの魚……ぬし(仮)を釣ると決めた。

それがこの世界に俺がいる理由だと思うんだ。

なんかしょぼい気もするが、このまま黙っていられるか。

「さて、餌を付けてっと」

前回は何も付いてなかった釣り針に餌を付ける。餌はミミズとかじゃなくて練り餌だ。一番安い餌なのでしょうがない。金が貯まったらもっと良いやつを買う。今は我慢だ。ちなみにルアーなんかも売っていた。

糸を海面につけて竿《さお》の先に精神統一する。

雲なんかぼんやり眺めてられるか、俺はそんなに暇じゃない！

「来た！」

――アジ獲得。

餌を付けた影響か食い付きが良くなった気がする。

さすがに餌なしで引っかかるバカな魚はそういないという事なのかもしれん。

餌の在庫は30個。30匹釣ったら、また道具屋に行かなくてはならない。

しかし竿が引かれた瞬間、感覚的にいつもと違う物を感じた。

気付いていないシステム的な何かがあるかもしれない。気の所為《せい》かもしれないが意識して釣りしてみよう。もしも釣れる魚や品質値に影響があるなら大発見だ。

ちなみに品質値は絶対にある。

道具屋でアイテムを売った時、一つ一つ値段が違った。

小魚ばかりだったので売却値段はどれも高くなかったが、小さな物で1〜3セリン、大きな物で10〜30セリンも差があった。

エネルギー生産力がⅢになったらフィッシングマスタリーの取得は決定だな。


「来た……」

今度はすぐに上げずに様子を見てみる。

やはり何か違う。引きが強くなり、弱くなる。

オーラの様な、例え様もない浮き沈みが竿から両手に伝わってくる。

若干、弱い時の時間よりも強くなった際の時間の方が短い。

「今だ！」


——イワシ獲得。


釣れたのはイワシだが、今まで釣った事のあるイワシの中で一番大きい。

なんとなく鮮度も良い様に感じるので釣る際に判定があるはず。

こういうシステム、結構燃えるんだよな。

「おお？」

ぬし（仮）程ではないが今までのちょんちょんという弱い感触ではなく、竿が曲がる程度の強い引きを示している。

……いや、まあ竿《さお》がボロ過ぎて性能の低いのも原因かもしれないが。

逃がしたらもったいない。俺は先程と同じく引きの強い判定部分を意識して引っ張る。


――キラーフィッシュ獲得。


……なんだろう。この突然のモンスター臭。今までニシンだのイワシだの釣れていたので実在に存在する魚だけかと思ったら違うっぽい。尚キラーフィッシュさん、アイテム欄に入れる際に鋭い牙の生えた口をガシガシと動かしていた。どう見てもモンスターです。

なんか場所が場所なら普通にモンスターとして登場しそうだよな、こいつ。

とりあえず、少しコツを掴《つか》んできたぞ。この調子で魚を釣りまくってやる。

結果は餌30個を消費して26匹釣った。4匹は引きの強さを調整していたら逃げられた。

魚によって逃げられるまでの時間が決まっているんだと思う。

釣れた魚はニシン14匹、イワシ6匹、アジ3匹、キラーフィッシュ1匹、ボーンフィッシュ2匹と後半の奴はどう見てもモンスターだ。

ボーンフィッシュに至っては骨しか付いていない。初めて釣った時、ちょっとビビった。

というか、こんな骨しか無い奴が海に住んでいると思うとちょっと不気味だ。

「さて、ニシン1匹を残して全部解体するか」

試しておきたい事がある。

解体して売った方がセリンを多く手に入れられるのか否か。

どちらにしても解体スキルを取得する為にやっておかないといけないのは事実だが、金が沢山あって困る事はあるまい。

俺はその場で慎重に戦利品達に初心者用解体ナイフを向けた。

†

「腹減ったな……」

あれから釣り↓解体↓売却↓餌購入↓釣りの無限ループに突入して数時間。

結論だけ言えば解体した方が総合的に高値で売れる。

餌も一つグレードアップしてミミズになった。

何よりも釣った魚の数が100を超えたので条件だけならフィッシングマスタリーをⅡに出来る。エネルギー生産力をランクアップさせてからなのでしばらく先の話だろうが。

そんなこんなで早くも魚釣りに熱中していたらお腹が空いてきた。

セカンドライフプロジェクトというだけあって、空腹感が存在するのだろう。

現実でいうハっと気が付いたら空腹感を抱いた深夜二時の様な、あんな感覚だ。

「……何か食べるか」

幸い、比較的懐は潤っている。料理屋の値段が如何程《いかほど》なのかは知らないが、最初の街で高額請求されたりはしないだろう。

釣竿《つりざお》をアイテム欄に戻し、陣取っていた桟橋から街の中央へと向かう。

魚はまだ解体していないものもあるが、後で良いだろう。今は飯が食いたい。

「お」

進路方向の先、俺達プレイヤーが最初に現れた広場が見える。

人の群れは最初と比べれば少なく、精々10か、20か。

その中でアイテムの交渉をしていると思わしき人間と晶人がいた。

ゲームが始まってまだ一日も経たないというのに商売が成り立つのだろうか。俺はさり気なく会話が聞こえる距離まで近付く。

「銅5個で375セリンだ」

「ありがとう。店売りは高くて助かるよ」

どちらも初期装備なので判断に悩むが売っている方が商人、買っている方が鍛冶師《かじし》、そんな雰囲気がある。

「あ、そこのお嬢さん」

交渉を終えた二人を横目に通り過ぎようとした瞬間、商人の方がこっちにやってきた。

なんだろうと思い、俺は後ろを振り返る。女の子なんていないじゃないか。

「いや、君だよ」

「俺？」

「そうそう君。オレっ子なんだね」

そういえば俺は女キャラクターだった。

最初は違和感が凄《すご》かった声もいつの間にか普通になってきたのですっかり忘れていた。

「いや、ちょっと事情があって女キャラ使っているだけだ」

「なるほどね。オープンネカマなんだ？　良いんじゃない？」

ネカマ……まあ、文字通り現実では男だけどネット内だと女のアバターを使う人を指す言葉で、オープン……開放的、つまりネカマであることを公言している人って事だ。見た目で単に女が良いって人もいるから差別的な意味はない。

で、俺に声を掛けた商人のアバターはかっこいい系の美形男子だ。

身長は俺より高い。現実の俺なら目算でどれ位か分かるが、ゲーム内となると俺の身長が分からないので相手の身長は不明。ともあれ見上げて目に入ったのは髪だ。色は鈍い金色、なんとなく実在しそうな色をしている。

「で、何か用か？」

「いや、潮の香りがしたから、魚貝系のアイテムを持ってないかなと思って」

「匂い、するかな？」

自分の匂いを嗅いでみる、がよく分らない。

一度海に落ちているので、匂いくらいするかもしれない。

「するみたいだね。僕は草原の方に一度行ったけど、あっちは草の香りがしたよ」

「へぇ……」

潮の匂いだけだと思っていた。

結構手が込んでいるな。さすが沢山の金が使われているだけある。

「それで、魚か貝を持ってないかい？　知り合いに料理スキルを上げたい子がいるから店売りよりは高く買い取るよ」

「ふむ……」

右手を口元に当てて考え込む。

解体していない魚は50匹位アイテム欄に収められている。

まあほとんどがニシン、イワシ、アジなのだが。

しかし解体スキルがまだ出ていないので多少安くても解体してから売りたい。

「すまない。使用先があってな。今回はやめておくよ」

「そっか。僕はアルト、チャットの時は『アルトレーゼ』で送ってよ。今はそんなに買い取れないけど、アイテムなら何でも買い取るからさ」

「分かった。覚えておく。しかし、こんな早くから買い取りなんて出来るのか？」

「まあね。前線で戦っている人から安く買って、欲しがっている人に店売りより安めに売るんだ。で、前線の人にはポーションを狩り場に持って行って、街より少し高く売る。そんな感じで一応もう8000セリンは持ってるよ」

「凄《すご》いな。本当に商人みたいだ」

かく言う俺は2700セリンだ。今持っている魚を売り、餌の代金を引けば4500は行くはずだ。それでも転売だけで8000セリンは商売人として凄いんじゃなかろうか。

「ははは。何かご入り用ならアルトレーゼ商会へ入店を！　なんてね」

「なら、何か良い竿《さお》を売ってくれ。手に入ったらで良いんだが」

「竿か、道具系だね。材料があれば作れるけど。知り合いにいるから紹介しようか？」

「いいのか？」

「もちろん！　材料が無ければ僕から買ってくれるって約束ならね」

中々に商売上手だ。

まるで本物の商人でも見ている様で面白い。ある種のロールプレイというやつだろう。

「じゃあ頼む」

「毎度ありがとうございます」

中々に堂に入った言葉使いだ。聞いていて清々しい。

案外リアルでは接客業とかやっていたりしてな。

「それは何かの演技か?」

「そうさ。好きなマンガのキャラがこんな感じなんだよ」

「なるほどな」

思いっきり外れている。なんて考えているとアルトが良い顔と手振りと共に口を開く。

「じゃあ連絡するからちょっと待っててね」

「ああ、ならついでに教えて欲しい事がある」

不思議そうな顔でアルトが首を傾げる。

話をしていてすっかり忘れていたが、待つという言葉を聞いて思い出してしまった。

「レストランってどこにある?」

†

ディメンションウェーブに来て初めての飯はアジとニシンだった。

例の料理スキルを覚えた子の所で直接魚を渡して焼き魚にしてもらった。

自分が釣ったものの中でも大きいものが美味しかったので、ニシンを10匹ただで譲った。

ちなみに紹介料ついでにアルトにもニシンを3匹渡したら喜んでいた。

もはやニシンが友好の大使だ。生活って意味で俺も料理スキルを覚えようかな。

「それにしてもアルトは友好関係が広いな。β《ベータ》経験者か？」

確かβテストの募集をしていたのを見た覚えがある。

「いいや、βテスターは意図的に省かれるらしいよ」

アルトの話によると、なんでもβテスト……はゲームバランスの調整とイベントがしっかり起こるのかを確かめる為のものであって、基本的には正式稼働版と同じく最初から最後までやるらしい。

ゲーム内容を知っているβテスターと今回初めて参加するプレイヤーを一緒に放り込むのは平等性に欠ける。

なので運営の意向なのか、プレイヤー全員が初心者の状態でゲームが開始されるという事らしい。

「なるほどな」

「情報漏洩《ろうえい》はあったらしいけどね」

「それは俺も聞いたな。内容は知らんが」

なんでもβテスターの誰かが匿名掲示板でゲーム内容の一部を暴露したという話で、セカンドライフプロジェクトの契約書には禁止されている事項なので訴えられた。

という内容をネットで見たが、リアルタイムで見ていた訳ではないので具体的にどんな情報が漏洩したかまでは知らない。

「それでどんな情報が漏洩したんだ？」

「ゲーム内では結構有名だよ？　スピリットが弱過ぎるって話さ。確か覚えようと思えばスキルを際限なく取れるけど、ステータスが全種族最低だったかな？」

「……さいですか」

「そういえば君は何の種族だい？　見た事無いけど」

俺は気不味《きまず》そうに自分を眺める。

偶《たま》に薄《う》っすらと半透明になる。それがスピリットの特徴だ。

「そのスピリットだ。珍しいタイプだから強い方の種族じゃないのは分かっていた」

「そうなんだ。どう？　スピリットは」

「う〜ん。ずっと釣りをしていただけだから分からないけれど、今の所、特に困った事は無いな」

ステータスがエネルギーで統一されているので些細《ささい》なミスが致命的な弱体化を招くと考えるに、種族として弱いというのも納得は行くが。

だが、街で釣りとか製造職をメインにするなら相性が良いと思うんだ。

エネルギー&マナ生産力って何もしなくても経験値が入ってくる様なものだろ？

まあディメンションウェーブはゲーム内容的に戦闘職がメインっぽいが。

「そっか～。使い心地とか分かったら教えてよ。情報漏洩《ろうえい》の所為《せい》でスピリットって少ないから知りたい人は結構いると思うんだよね」

「ああ、気が向いたらな」

「じゃあ僕はもう行くから。買い取って欲しい物があったらいつでも連絡よろしくね」

「おう」

手を振るアルトに手を振り返して応えた。

一度礼をしてからアルトは踵《きびす》を返して歩いていった。

「ふぅ……」

俺は一度溜息を吐くとアイテム欄にある、アルトの知人に作ってもらった釣竿《つりざお》を眺める。

木の釣竿+2。

しなる枝、コモンワームの糸、銅の釣り針から作られた竿だ。

材料毎に入手先が違うらしいのでアルト様々といった所だな。

さて、+2になるのは単純な運だとアルトは言っていたが、多分違う。

おそらくは製作者のスキルレベルと実力、更に材料の品質だろう。

しなる枝、コモンワームの糸、銅の釣り針は見せてもらった在庫の中から程度の良さそうな物を選んで作ってもらった。なので多分合っている。

そして、合計なんと７００セリン。

６００セリンのボロ竿を買うよりも性能面を含めても得だと思う。

せっかく作った竿だからな。今度は持って行かれない様に気を付けよう。

おっとそろそろエネルギーとマナが増えた頃かな？

名前／絆†エクシード　種族／魂人
エネルギー／１３２０　マナ／60　セリン／２０００
スキル／エネルギー生産力Ⅱ　マナ生産力Ⅱ。

エネルギー生産力Ⅱ↓エネルギー生産力Ⅲ。

毎時間２００エネルギーを生産する↓毎時間４００エネルギーを生産する。

ランクアップに必要なマナ50。


マナが足りているのでエネルギー生産力をⅢにランクアップさせた。

これで二時間後にはフィッシングマスタリーを取得できる。

「スキルも振ったし竿《さお》も出来た。腹も膨れたし、第二ラウンドと行くか……お！」

そこで閃《ひらめ》いた。

——昼と夜で釣れる魚、違うんじゃないか？

空腹感といったシステムが存在するのだから当然睡魔とかもあるに違いない。

そうなると夜釣りをする場合、眠くなって行けないなんて事もあり得る。

少し早いけど宿屋で仮眠でも取っておくか。

そうなると姉さんと妹に一報送っといた方が良い……カーソルメニューの中からチャットの欄を選ぶ。

『紡†エクシード』と入力してチャットを送る。

しばらくプルルルと電話のシステム音みたいな音が耳に鳴り響く。

「絆お兄ちゃん？　なにかあった？」

「ああ、今日はもう寝ようかと思ってさ。一応連絡しとこうと思ってな」

「え、もう寝ちゃうの？　早くないかな？」

「いや、昼と夜で釣れる魚に差があるか調べたくてさ」

「そうなんだ。分かったよ。奏お姉ちゃんには私から伝えておくね」

「おう、助かる。ところでそっちはどうだ？」

「ん～普通に戦闘中」

「おいおい……大丈夫なのか？」

「あはは、５匹に囲まれてるだけだよ～」

そういえば以前にも妹はＦＰＳをやりながら姉さんと話をしていた事があった。

同じ戦場に俺もいたものだから、ちょっとイラっと来たのは秘密だ。

しかも普通にキル率が一番高かったという嫌な結末まで付いている。

「集中しろ！」

ブツッ！　乱暴にチャットを終了させた。

そもそもよくよく考えてみればディメンションウェーブの参加権を手に入れてきたのは紡だった。５匹位なら本当にどうとでもなるのかもしれない。

……釈然としないが、宿屋でも探そう。

カーソルメニューから地図を呼び出し、宿屋を探す。

その内の五軒程良さそうな店を選ぶ。

まあゲームなのでそんなに差は無いだろうが、店によって値段が違う。

最終的に安くも高くもない中間の宿屋を選んだ。

「――一泊１５０セリンです」

店のオーナーと思わしき女性、これまたどこかで聞いた女性声優の声だ。

俺は150セリンを支払うと部屋の鍵をもらって部屋に向かう。

尚、宿屋は金さえ払っていれば24時間いつでも使えるらしい。つまり宿で一度休んだ後買い物に行く、なんて事も出来る。まるで旅行に来た様な気分だ。

ともあれ俺は宿の内装を眺める。

客は一人もいない。まあゲーム開始初日にこんな早くから宿を取る人は少ないか。

俺が調べた店の中では、まあ普通のホテルって感じだ。一番安い所だと壁にヒビが入っていた。

「ここか」

鍵と同じ『101』という番号が書かれた扉の鍵穴に鍵を差し込んで扉を開く。

部屋は普通の部屋だった。リアルのホテルと比べると若干狭いが想像の範囲内だ。

俺はベッドに腰掛ける。自分の部屋のベッド位には柔らかい。

悪い言い方をすればホテルのベッドとしてはふかふか感が足りない。

「……とりあえず寝よう」

服や靴を身に着けたまま寝るのは生活習慣的に躊躇《ためら》われる。

俺は靴をその辺に放り出し、服を脱いだ。すると下着姿の幼女が。

『おっとそれを脱ぐなんてとんでもない』

魔が差した。答えだけ述べると下着より先にはなれなかった。まあ普通に全年齢のゲームでそんないやらしいシステム内蔵している訳が無いよな。

「ちっ」

別にそれ程気にしている訳ではないが半ば冗談みたいな舌打ちをし、当初の予定通りベッドで横になる。

これまた俺の部屋と同じ位の暖かさの毛布を掛けて目を閉じると睡眠薬でも飲んだかの様に眠くなってきた。もしかしたらシステムとして眠り易くしてあるのかもしれない。現実でもコレ位寝付きが良ければ楽なんだがな。

なんてぼんやりとした頭の中で考えていると、いつのまにか俺の意識は完全に途切れていった。

†

「ふぁ……」

随分と深く眠っていた。こんなに気持ち良く眠れたのは何年振りだろうか。

ゲーム内とはいえこんなに気持ち良く眠れるなら、これだけで商売として成り立つんじゃなかろうか。

えっとどれ位眠っていたんだ？

メニューカーソルに付属されている時計を眺めると22：07と表示されていた。

六時間位眠っていた計算か。窓の外を眺めると外は陽が落ちて暗くなっている。

「さて、フィッシングマスタリーを取得しとくか」

名前／絆†エクシード　種族／魂人
エネルギー／２８２０　マナ／70　セリン／１８５０
スキル／エネルギー生産力Ⅲ　マナ生産力Ⅱ

フィッシングマスタリーⅠ。

釣竿《つりざお》を使った全ての行動に10％の補正を発生させる。

毎時間１００エネルギーを消費する。

取得に必要なマナ30。

取得条件、釣竿によるアイテムの獲得数が10個を超える。

ランクアップ条件、釣竿によるアイテム総獲得数が１００個を超える。


フィッシングマスタリーⅠを取得する。するとエネルギーが１００消費されてエネルギー総量が２７２０になった。

尚フィッシングマスタリーⅡにするために必要なマナは60だ。現在40なので足りない。

ともあれフィッシングマスタリーⅠを取得できた。これで多少は効果が期待できるだろう。まあさすがにあの『ぬし』は簡単に釣り上げられないと思うが。

「……腹減ったな」

寝る前に飯を食ったばかりな気がするが考えてみれば六時間経っているのでお腹も空くのか。とりあえず作ってもらった焼き魚のあまりでも食べよう。

アイテム欄からニシンの焼き魚を取り出し口に入れる。

「飯も食ったし釣りに行こう。服は確かその辺に」

あった。靴と一緒に俺が放ったままになっている。

すぐに着替えると木の釣竿＋2をアイテム欄から取り出し、準備完了。宿を出る。

店先で店員ＮＰＣが『いってらっしゃいませ』とか言っていた。

外に出ると、街はかなり暗い。シーンとしていて誰も歩いていない。

皆疲れて眠っているのか、あるいはまだレベル上げに勤しんでいるのかは不明だ。

「というか暗いな。先がよく見えない」

電灯などある訳もなく、松明《たいまつ》なんかも無いので真っ暗だ。

地図をカーソルメニューから呼び出して現在地を確認しながら昼間と同じ橋に向かう。

途中道具屋にも寄った。餌を買い忘れていたのだ。

そしてまさかの開店中。リアルの個人商店も真っ青なサービス精神だ。ゲームシステム上しょうがないんだろうけどな。あれか、コンビニエンスストア的な……ともかく橋に到着した。

生憎《あいにく》と空は曇っていて月が隠れている。その為、潮風と小さな波の音で海だとは分かるんだが闇が深くよく見えない。カンテラみたいな道具が必要かもな。

とりあえず目を細めて大量買いした餌を銅の釣り針に付ける。

指を三回刺した。合計10ダメージ。

そして糸を海面に垂らすと今までとは違う引きを感じる。

強い……と思う。しかし、なんだろう。この単調な引きは。

ともあれ力を込めて引き上げる。

——×××を獲得。

ん？　暗くてよく文字が見えない。

よく分からんがアイテム欄に入れておく、陽が昇れば分かるだろう。

そして餌をまた付けて糸を垂らす。

――×××を獲得。


おお！　糸を垂らした瞬間に魚が釣れる。凄《すご》い入れ食いだ。

餌を300個近く大量買いしたが、足りないかもしれない。

よーし！　釣って釣って釣りまくるぞ！

†

……朝になった。今俺は膝と両手を地に突け頭《こうべ》を垂れている。

結果だけ述べるなら、200匹近く釣れた。

釣れた、というよりは引っかかっていたと表現した方が正しい。

獲得アイテム一覧。

空き缶137個。長靴2個。媒介結晶（未鑑定）。ニシン40匹。イワシ25匹。スズキ12匹。コモンダークフィッシュ4匹。ゾンビフィッシュ3匹。

「なんだってー⁉」

文字通り、なんだこれは……ほとんど空き缶じゃねーか。

バカ釣れして喜んだ気分を返してくれ。そもそも空き缶とか世界観的にどうなんだよ。

当初の目的である昼と夜で釣れる魚に変化がある事が分かったので良しとしよう。

この海どんだけゴミ捨ててあるんだよ。とか無粋な事は言わないさ。

尚、最後のどう見ても不死属性の奴は無視する。

きっと解体すれば何かの材料になるだろう。いや、なってくれ。

そんな願望を抱きながら初心者用解体ナイフで釣った魚の解体を始めた。

さすがに空き缶は解体できないだろう。

†

全部解体するのに二時間も掛かった。

解体スキルはまだ出現しない。一体条件はなんだ。

適当に解体の合間に焼き魚を自作してたらすぐに料理スキルの方が先に出てしまったぞ。


料理技能Ⅰ。

料理に関する行動全てに10％の補正を発生させ、料理のレシピが増える。

毎時間100エネルギーを消費する。

取得に必要なマナ30。

取得条件、料理機材によるアイテムの加工数が10個を超える。

ランクアップ条件、料理機材によるアイテムの加工数が300個を超える。


もしかすると解体スキルは解体武器で戦闘をする、とかそういう所か？　しばらくは釣りをする予定なので試しはしないが。

だが、時間に比例した量、アイテムを解体できた。

やはり解体武器は便利だ。

これは勘だが魚以外にも出来るはずだ。モンスターと戦う機会があったらやってみよう。

「さて、アイテムを売るか」

時計を確認すると09：27と表示されている。

さすがに商売根性逞《たくま》しいアルトの事だ。もう起きているだろう。

一度チャットを送ってみよう。確かアルトレーゼだったたか。

アルトレーゼ商会云々《うんぬん》という会話が妙に耳に残っていたので覚えている。

紡にチャットを送った時と同じく電話音を聞きながらアルトの返信を待った。

「はい、アルトレーゼです」

耳ざわりの良い覇気のある声だ。今日も商売一直線といった所なのだろう。

「ああ、俺だ」

「その声は昨日の女の子、じゃなくて女キャラを使ってるんだっけ」

「そう、その絆だ」

「絆っていうんだね。つい昨日は名前を聞きそびれちゃったよ」

そういえばそうだった。アルトの名前は聞いたが俺の名前『絆†エクシード』という恥ずかしい名前は教えていない。というか意図的に言わなかった気もする。

まあチャットを送った時点で名前はバレているんだがな。

「それで今日はどうしたんだい？」

「ああ、アイテムを買い取って欲しくてな。魚ばっかりだがいいか？」

「もちろんだよ。今どこにいる？」

「地図に載っている海沿いにある橋の右側なんだが――」

†

俺達はお互いの場所を教え合い、結局昨日と同じ場所で落ち合う事になった。

橋から急いだつもりだったがアルトは既に来ていた。

昨日は初期装備だったが新しくなっている。中々に羽振りが良さそうだ。

「やあ、絆。魚って言っていたけどどれ位あるんだい？」

「ああ、これ位だが」

俺はアルトが送ってきた交換ウィンドウに了承を選択する。

普通に手渡しでも渡せるがアルト曰《いわ》く、大量のアイテムを交換する商談の様な場合こっちの方が良いそうだ。

俺は解体した鱗《うろこ》、骨、肉、お頭、牙、背ビレなどを交換ウィンドウに載せていく。

「既に調理済みだけど、随分と沢山あるね。驚いたよ」

「調理済み？」

解体済みではなくか？　と口にしようとした所で先にアルトが喋《しゃべ》る。

「うん、料理スキルと包丁を使って魚を調理すると何個かアイテムが増えるんだよ」

「へぇ……」

包丁も解体武器のカテゴリーなのか？　いや、確か料理機材ってカテゴリーだった気がする。

微妙に会話の歯車が噛《か》み合っていない様な感じがした。だって俺は料理技能を習得していないのに解体できている。焼き魚を作った際には余計なアイテムは出なかったし、包丁を購入して解体と同じかどうかの検証もするべきだろう。

「という事は絆も料理スキルを取得したんだね。何か材料が必要だったら売ろうか?」

「アルト、話は変わるけど解体武器ってどういう効果があるんだ?」

「え? 確か武器によって特定種族に対するダメージが高いんだったかな。と言っても基礎攻撃力が低いから使っている人は少ないけどね」

「なるほど……」

「後、該当モンスターを倒した時に時々普通とは違うアイテムが出る位だよ」

……これはまさか、事実が判明していないってやつか。

俺の知る限り、魚を慎重に解体すれば鱗《うろこ》や肉などになる。

だが、その情報は料理スキルで代用できるらしく、そっちの方が効果として見られている様だ。それなら、あえて黙っておけば金稼ぎに使えるか。無論、遅かれ早かれ周知の事実になるだろうが、この手の情報は知られる前に使えば荒稼ぎ出来る。オンラインゲーム開始時にはよくある話だ。

「それで解体武器がどうしたんだい?」

「ああ、俺が使っている武器なんだ。そうか特定種族に特化の武器か……」

「なるほどね。絆は本当に珍しい事が大好きなんだ」

「まあな」

「それじゃあ、この数だ。合計6000セリンでどうだい？」

「そんなにか？」

当然の様にアルトは言ってのける。昨日は8000セリンが全財産と話していたが、俺がのんびりしている間に随分と稼いだみたいだな。

「料理スキルは時間が掛かるでしょ。時給換算だとこんなものだよ。それに量も多いし、現在の相場だと少し安い位だからさ」

安く仕入れて高く売る。昨日言っていた転売方法か。

なら良いだろう。NPCに売るよりも遥かに高額だしな。

俺は交換承諾の項目のOKを選択して6000セリンを受け取った。

「毎度ありがとうございます。また売るアイテムがあったらいつでも呼んでよ」

「ああ、次も頼む」

さて、俺はアイテム欄にある残った空き缶を眺める。

正直137個あっても困るだけなんだが。NPCに見せても1セリンと5セリンだった。

違いはアルミニウムとスチールだ。

待てよ？　アルミとスチールか。

「なぁアルト。もう一つ聞きたいんだが空き缶って今どれ位で売れる？」

「空き缶かい？　残念ながら捨て値だね。店売りした方が良いくらいだよ」

「そうか……気になるんだが、空き缶ってアルミとスチール、だよな？」

意味が伝わる様に、声を低くして告げるとアルトはハッとした顔をした。

「…………なるほど。溶鉱炉でインゴットに出来るかもしれないのか！」

「溶鉱炉なんてあるのか」

「うん。製造系の中に鉱石を溶かしてインゴットにするやつがあるんだ」

「じゃあこれで出来るかは分からないが調べてもらえるか？　もしも本当に溶かしてアルミや鉄になるなら沢山あるからさ」

再度交換ウィンドウを開き、俺はアルミとスチールの空き缶を5個ずつ渡す。

ゴミの空き缶が何かの役に立つなら棚ボタだ。

仮にインゴットに出来なかったとしてもはした金、あってない様なもんさ。

「絆、ありがとう！　もしかしたら凄《すご》い儲《もう》け話かもしれない！」

「ああ、もしも当たっていたら俺にも一枚噛《か》ませろよ」

「もちろんさ！　じゃあ急いで調べてくるよ！」

水を得た魚の様にアルトは元気に手を振りながら走り去っていった。

きっと一時間もしない内に結果を教えてくれるだろう。

「金が大分増えたな。何か装備品でも買うか」

武器はもしも鉄になるとしたら情報料ついでに作ってもらうとして、防具か。

現状明らかに戦闘スキルは皆無なので軽い衣服で良いと思う。

靴は……長靴、履けるか？　アイテム欄から長靴を取り出す。そして今着けている初期装備の靴を脱いで長靴に足を突っ込んでみた。

「まさか本当に装備できるとは……」

ここに長靴幼女が誕生した。合羽と黄色い傘があれば完璧だな。

冗談はさておき、防具屋か服を売っているプレイヤーでも探そう。

俺は長靴を履いたまま辺りを歩き始めた。

†

その後の話をしよう。

俺の勘は見事に的中し、空き缶はアルミニウムとアイアンのインゴットになった。

スチールでないのは、もしかしたら運営が想定していたのかもしれない。

アルトと鍛冶師《かじし》は情報を秘匿。俺は密かに釣りで空き缶を釣りまくり、気付かれない様に渡すという行動を繰り返し……金稼ぎに費やした。

†

……そうして俺が空き缶商法を始めた翌日。

狩り場で遭遇した奏と紡は新しく入手した武器の感想を話し合っていた。

「よっと！」

紡が襲い来るダークヤマアラを相手に試し切りを行う。

「おー……通常攻撃で一発！　今までの倍以上の攻撃だね！」

「店売りの青銅装備はともかく、下手なドロップ品よりも性能が高くて驚きね。買って正解だったわ」

「奏お姉ちゃんの方も確保できたんだ？」

「ええ、ちょっと値が張ったけどね。金額に見合った性能をしていると思うわ」

「質が低いって職人プレイヤーの人は言っていたけど、十分使える性能してるよね」

「ええ」

と、雑談をしている奏と紡のそれぞれのパーティーにアドバルーンという近隣のフィールドで強敵と言われている大きな風船型の魔物が襲いかかる。

「風凪《かぜな》ぎ！」

紡がアイアンシックルを振るい、奏が剣でアドバルーンの噛《か》みつきを弾く。

ズバァ！っとアドバルーンが斬り裂かれてはじけ飛んだ。

「鉄が出てくる鉱山ってもう見つかったのね。何処《どこ》なのかしらね？」

「それがよく分かってないって職人の人が言ってたよ。アイアンを持っているプレイヤーがいるんだけど、教えてくれないんだってさ」

「あー……聞いた気がする。まあ、この辺りは早い者勝ちだからって事なんでしょうけど」

「ただー……NPCから情報収集をしているプレイヤーがアイアンシリーズは第二都市で売り出される代物だーって話をしていたはずなんだけどね。情報ソースというか、それっぽい事を言うNPCがいるんだって」

「確か解放クエストを誰かがクリアしないと入れないってやつでしょ。私もボスに挑んだけどやられちゃったし……もう少し装備とレベルを上げないと厳しいでしょ」

「レイドボスだよ。アレ、みんなで戦ってどうにか倒せるのは間違いないって」

「でしょうねー。誰が倒すか……早い者勝ちよ」

「もちろん！」

って様子で奏と紡は新しく手に入った装備の試し切りを終える。

「ちょっとこの狩り場じゃ魔物が弱くて温くなってきたから新しい所に行こうって思って

るわ」

「やっぱり？　いやぁ……凄《すご》いね。この装備でどれだけ先に行けるかな？」

「手も足も出なかった次の都市の解放クエストってのに挑戦しようとしてる人も出てきているし、それ位は行けるんじゃない？」

「だよねー！　あ、そうそう、夜間限定で出現するフィールドなんだけど、この装備なら割と楽に行けるんじゃないかな？　次の良い狩り場はあそこだと思う」

「ああ……確かあそこで扇を武器にした子がいたわね。青銅装備で善戦してたわ。あそこのドロップ品で解放クエストに挑もうとしているんだと思うわ」

「あ、見た事あるかも！　和風で綺麗なプレイヤーだったよね」

「私達も負けていられないわね」

「奏お姉ちゃんには負けないよ」

「それはこっちもよ」

「絆お兄ちゃん、今何してるかな？」

「あの子の事だから言っていた通り釣りでもしてるんじゃない？」

「絆お兄ちゃん、凝り性だもんね。こっちが安定してきたら狩りに誘ってあげないとね」

「あの子、自分の事、運動神経悪いって思い込んでいるからゲーム中に色々と正しい遊び方を教えてあげなきゃね」

「うん！　あ！　ボス再出現確認！」

「ちょっと待ちなさい！　先制は私がもらうわよ！　ファストバッシュ！」

バイオリンビードルという楽器を武器とするカブトムシのボスに向かって奏が先制攻撃を成功させる。

反撃してくるバイオリンビードルの攻撃を盾で弾いた所で紡がアイアンシックルで戦闘に参加した。

「奏お姉ちゃんずるーい！　私が狙ってたのに」

「狙っていたのはこっちも同じよ！　コイツのボスドロップの頭装備、高く売れるんだから！」

「装備しないの⁉　可愛いのにー！」

「まだゲームが始まったばかりなのに見た目に拘《こだわ》ってどうするって言うのよ。確かに、装備効果も優秀なのは認めますけど」

「隙あり！　風凪《かぜな》ぎ、風凪ぎ、風車！　みんな！　ドロップ権利を奏お姉ちゃんパーティーから奪い取るよ！」

紡の仲間が紡の言葉に頷《うなず》いてバイオリンビードルに畳みかける。

「あ！　みんな！　あの子たちに負けたらここで待っていた分が損よ！　一気に行きましょう！」

「当然！　奏に続けー！」

と、奏と紡のパーティーはボス狩りに白熱していった。

「やったー！　へへーん」

バイオリンビードルがドロップする頭装備のエメラルドリボンを髪に括《くく》りつけて、紡が決めポーズを取る。

ドロップ後、じゃんけん大会が行われて勝利した結果だ。周囲の人たちが拍手を送った。

「まったく……今回はドロップを拾う権利を奪われたけど、今度あったら容赦しないわよ」

「もちろん！　次にあったらこっちも負けないよー！」

「みんな！　次行きましょー！　今回の狩りで得た金銭を元手に新たに出回り始めた鉄装備を固めましょう！」

「「おー！」」

奏と紡は情報交換を終えて各々狩りに向かったのだった。

こうして五日後、装備を潤沢に揃《そろ》えた者達が力を合わせる事で第二都市開放のクエストが達成され……第二都市を経由したフィールドの先にある採掘場で鉄鉱石が採掘できる事が判明したのだった。

†

空き缶商法で荒稼ぎしていたが五日後、ついに鉄鉱石が採れる場所が見つかった。

無論空き缶から作られたインゴットの品質はあまり高くないので自然と儲《もう》けは減り始め、空き缶商法はアルトと相談の後、取引終了となった。

ともあれ空き缶商法でスタートダッシュとしては相当のセリンを稼いだのも事実。

アルトとはその縁もあってフレンド登録までした。

ついでに包丁を購入し解体が出来るのかを検証したのだが、料理技能を習得せずに解体しても魚の切り身しか生成できなかった。

どうやら似て非なる処理が発生している様だ。

「また儲け話があったらよろしく頼むよ」

なんて言っていたので相当気に入られたのだろう。

尚、理由は不明だが空き缶は夜にしか釣れない。

後にアイアンの下落と共にアルトは情報を公開。やがて金銭的に困る釣りスキル持ちと溶鉱炉を使える鍛冶《かじ》スキル持ちが行う金策の一つとして使われていく事になる。

四話　復讐と成果

「さて、そろそろあの魚に復讐する時だ」
空き缶商法で荒稼ぎしていて忘れていたが俺の目的はあくまで『ぬし』を釣り上げる事。間違っても空き缶を釣る作業ではない。エネルギーやスキルも一週間で相応にランクアップした今ならばもしかしたら釣れるかもしれない。一応ステータスを確認する。

名前／絆†エクシード　種族／魂人
エネルギー／６３４０　マナ／１５０　セリン／１４８５４０
スキル／エネルギー生産力Ⅵ　マナ生産力Ⅳ　フィッシングマスタリーⅢ
解体マスタリーⅡ　元素変換Ⅰ

エネルギー生産力Ⅵ。
毎時間２０００エネルギーを生産する。
ランクアップに必要なマナ２６００。

マナ生産力Ⅳ。
毎時間50マナを生産する。
毎時間１４００エネルギーを消費する。
ランクアップに必要なマナ３２００。

フィッシングマスタリーⅢ。
釣竿《つりざお》を使った全ての行動に30％の補正を発生させる。
毎時間４００エネルギーを消費する。
ランクアップに必要なマナ４００。

解体マスタリーⅡ。
解体武器を使った全ての行動に20％の補正を発生させる。
毎時間２００エネルギーを消費する。
ランクアップに必要なマナ２００。

元素変換Ⅰ。

アイテムをエネルギーに変換する。


消費エネルギーが生産量と同じだが元素変換Ｉのおかげでギリギリ＋になる。

マスタリースキルは獲得アイテム数でランクアップ条件が開く。

フィッシングマスタリーは釣った魚の数。

解体マスタリーは解体で手に入れたアイテムが１０００個を超えたら出た。

Ｉは比較的少ない量だがⅡからガクンと増えてフィッシングマスタリーは１００匹、５００匹、１０００匹と増えた。解体マスタリーの方も同じく相応に増えていく。

アルトから聞いた話では戦闘系のマスタリーだと該当武器で倒したモンスターの数らしい。そして俺と同様、気付いている奴が公言しないのか、実際に知らないのかは不明だが解体武器は相手に合った武器を使うと特別なアイテムが出る、という噂が広まった。

攻撃力が低いので解体武器＝地雷みたいな扱いを受ける。

まあいずれ気付くだろう。お前等が地雷と言った武器が必須な事に。

そうして俺は今、藍色の服『蒼蟲《あおむし》の服』を着ている。

釣り仲間の間では夜釣りをするなら明るい色よりも暗い色の装備をした方が、魚が沢山釣れるというジンクスが存在する。なんでも現実の夜釣りでも、そうなんだとか。

偽りか真実かは不明だが空き缶商法の影響で夜釣りばかりしていたので俺も願掛けにこ

の服を着ている、という訳だ。

ともかく俺は今日も今日とて糸を海に垂らす。

あの日『ぬし』は昼間に引っかかった。可能性の話だが、昼に釣れると思う。

今日は一週間振りに姉妹で集まる事になっている。

――俺の一週間の成果を見せる為に『ぬし』を絶対に釣り上げる。

そう意気込んで十時間。

「絆の嬢ちゃん、今日の成果はどうだ？」

今、俺に声を掛けて隣に立っているのは『らるく』というプレイヤーだ。

最近、通りかかる度に声を掛けてくるので、その内話をする様になった。

俺から個人取引で魚を買ってくれたりするお得意様って感じの間柄にもなってきている。彼によると彼女と一緒にこのゲームをプレイしていて、色々と街を回ったりしているそうだ。

「今日こそ大物を釣り上げてやるってがんばってる所だ。それと俺は嬢ちゃんじゃない」

「そこまで可愛い見た目に設定して、声まで丁寧に加工しておいて嬢ちゃんじゃないってのはどうなんだ？」

頼れる兄貴分って感じで話しやすい人なんだけど、反論できない言葉を……。

「俺の所為《せい》じゃないんだ。姉妹がやらかしたの」

「ははは！　つーことは姉妹にやられた訳か。災難だったな。ま、ゲームを楽しむって事でそれも良いんじゃねえの？」

「マッチョな漁師になりたかった」

「逆に声を掛け辛い外見になりそうだな……俺は今の姿が良いと思う」

「はいはい。釣りの邪魔だから魚が欲しかったら後でな」

「おうよ！　成果を楽しみにしてるぜ」

と言って、らるくは手を振って去っていった。

アルトとは別の情報源って感じで色々と教えてくれて助かるのが、らるくだ。

「さて……」

今日は早朝六時から糸を垂らしているが生憎《あいにく》とニシンばかりで『ぬし』が掛かる気配すらない。あの時『ぬし』が引っかかったのは本当に偶然なのだと思う。

だからこそ、俺は何日掛かろうと『ぬし』を釣る。そう決めた。


――ニシン獲得。


「またニシンか。今日は妙に多いな」

フィッシングマスタリーのランクが上がる毎に他の魚を釣る確率が上がっていたはずな

のだが、今日は何故かニシンしか釣れていない。

趣味アイテムとして買った釣り籠にニシンがひしめきあっている。

「……ニシンの神様が化けて出たりしてな」

まあゲームの世界で神様が現れるとは思えんが。

いや、ゲームの世界だからこそ神様という偉大な存在がいるのか？

「……ん？」

海面に不自然に大きな黒い影が映る。

俺は来たか！　と、期待を膨らませながら竿《さお》を強く握る。

――焦るな。決して焦るな。けれど心は熱く保て。

あの頃の俺とは違う。絶対に釣って食ってやる。

「コイコイコイコイ……」

ぶつぶつと念じながら、影ではなく竿の先端に意識を集中する。

今日まで魚を釣る際にしてきた基本の動きだ。

「来た！」

――ガクンッ！

あの日感じた海に引き込まれる力強い引きを受ける。

俺は立ち上がり両手両足に力を込めて踏ん張る。そしてすぐに竿に掛かる強い引きを感じ取った。通常の魚と比べて明らかに引きの判定が難しい。まるで点の様なアタリ判定を逃さず、引きが強くなる度に引っ張る。ぐいぐいと引っ張ってくるがこちらも負けない。

「フィッシングマスタリーⅢ舐《な》めるなよ！」

慎重に、迅速に、されど確実な攻防を続ける。

今まで戦ったどの獲物よりも強い引き。正に『ぬし』の引きだ。

そんな戦いを三十分は続けただろうか……『ぬし』の力が弱り始めた。

俺はその好機を逃さず、追い詰める。竿《さお》からは軋《きし》む音が響き、こちらも肉体はゲームなので問題ないが、いつ集中力が尽きてもおかしくない。

「一気にしかける！」

点の様な小さい引きを断続的に引っ張る。

そして『ぬし』が海面から大きく跳ね上がり――

†

「あはははは！　何それー！　デカ！　ニシンデカ！」

俺は今、ブスーっとした表情で紡と奏姉さんと合流した所だ。

背中には巨大な魚……訂正しよう『ぬし』事、巨大なニシンを背負っている。

まさかのぬし様はニシンでしたよ！

巨大ニシンを背負って歩いていたら人に指差されるしさ。大変だった。

アイテム欄に入れようかと思っていた時に姉さんと紡に遭遇したって感じだ。

今俺は紡にスクリーンショット……要するに写真を撮られまくっている。

スクリーンショットはキャラクタークリエイトに使用したＵＳＢメモリに記録する事が出来る。かく言う俺も釣った魚を何匹か撮ってある。もちろん『ぬし』もだ。

「紡笑っちゃダメよ……ぷっ！」

「あんたも同類だよ！」

いや、まさか俺もあの『ぬし』がニシンだとは思わなかったさ。

しかし何故ニシン？　そんなに美味しい魚のイメージではないんだが……。

ともあれ、俺は二人と合流を果たした。

二人のゲーム内の外見を初めて見るが……一言言わせて欲しい。

「何故に俺が一番チビ？」

「もう一人妹が欲しかったの～」

姉さんの種族は人間。

美形なのはゲームなので当たり前だが、造詣は凝ったのだろう。量産型とは一風変わった艶のある凹凸のある外見をしている。

現実でも胸は程々に大きいが、こっちでも大きい。

何故か微妙にこだわっているらしく、垂れ気味な胸だ。

「私も妹が欲しかったの！」

紡の種族は亜人。

狐耳がぴょこんとアクセントになっており、なんとなく顔の造詣が姉さんと似ている。

胸の方は大きくも小さくもない。良く言えばギャルゲーのメインヒロイン程度のサイズ。身長は俺より若干高い程度の……中学生位だろうか。

「それで妹としてキャラクタークリエイトした俺がロリな訳ね。ワカリマシタヨー」

そして俺がスピリット。若干透明色に近い身体。ぺったんこな胸。小さな体格。

二人と、それとなく似た容姿。うん。確かに姉妹、というのはなんとなく分かる。

思わず溜息が出そうだ。

「……言いたい事が無いのは嘘になるけど、今は良い」

「完成された美幼女の姿に感嘆の吐息が止まらないのね！」

「それで二人は一週間どうだった？」

「流された！」

姉さんのふざけた物言いをまともに相手したら陽が暮れるからな。

「すっごく面白かった！」

「やっと安定してきた所かしら」

二人は各々に一週間の話をし始めた。

紡はなんとなく分かる通り、廃人プレイに勤しみ、俺達の中で一番レベルが高い。

俺はレベルが無いので分からないが、一日のほとんどをレベル上げに費やしているのだから最初の街から一歩も出た事が無い奴よりは確実に強いだろう。

ボスドロップ品だってリボンを紡がしきりに自慢していた。

なんでも第二都市開放の為に立ちはだかったボスを仲間達と倒したんだとか。

奏姉さんの方は堅実なプレイスタイルをしている。

姉さんはどちらかと言えばＦＰＳやアクションが得意な紡と違ってＲＰＧが得意なタイプだ。なので確実に、失敗しない強さを獲得している。仮に姉さんと紡が戦えば、姉さんが決闘の許可を出した時、紡の方が倒れているはずだ。無論、戦争の申し子である紡相手に姉さんが許可を出す事はそうそう無いが。

そんな姉さんが本気を出して、紡の様な最前線にいないのは武器選びに三日も費やしてしまったからだそうだ。自分に合うスタイルでないと安心して戦えないと、全ての武器を試したというのだからゲーマーの鑑《かがみ》とでも評価しておこう。

「絆お兄ちゃんはどうだった？」

「ああ、程々に面白いぞ。魚釣り」

「え？　絆、釣りしかやってないの？」

「そ、そうだけど？　何を隠そうこの街から一歩も出ていない！」

二人から変態を眺める冷たい視線が！

特に何か目覚めない俺はMではないのだろう。心の底から良かった。

「ん～……絆お兄ちゃん、第二都市の方に川があるから行ってみたらどうかな？　使ってる武器なに？」

「解体武器」

店売りの初心者用調理包丁は武器ではないらしいので攻撃力は無かった。

「攻撃力に問題があるのよね～。モンスターを倒すと武器に応じてドロップアイテムが増えるのだったかしら」

「そうそれ」

どうやら本来の用途は前線プレイヤーの二人でも知らないらしい。

二人からすればネタ武器なのかもしれない。

「それでしか手に入らないやつがあるから、手に入ったらちょうだい！」

「そうなのか」

「結構多いのよね。だからプレイヤー間取引で高くても買う人は多いわ。でも威力が低いから使う人が少ないのよ。ドロップもそんなに多い訳じゃないから」

「なるほどな。じゃあそろそろ俺もモンスターと戦ってみるかな」

面白い話を聞いた。もしかしたらモンスターの方も解体が通じるかもしれない。

言葉通り明日からはモンスターと戦ってみよう。武器をそろそろ買わないとな。

あまり必要を感じなかったから空き缶商法の時も結局新調してなかった。それに該当する武器でモンスターを倒すと言っていた。そうなると初心者用では解体できないかもしれない。

「絆お兄ちゃん用に良い装備買ってあげようか？」

「妹に奢《おご》られるのは兄としてのプライドがな……」

「なに言ってるの。普通のオンラインゲームだといつもレアアイテム貸してるじゃない」

そうでした。

このゲームはリアリティが高いので度々現実の様に感じるがゲームでしたね。

「まあでも金には困ってないから、紹介してくれれば自分で払うぞ」

「魚釣りしてただけなのに？」

「つい最近まで売ってた安物のアイアンのインゴットあったろ？」

「え？　うん。昨日まで使ってた」

「実はな、アレの材料を集めていたのは、俺だ」

「そうなの？　材料なんだったの？　アルトレーゼって人が企業秘密とか言うから分から

なかったのよね～」

「鉄鉱石が出てきたから、情報公開する事になってな。まあそれで金には困ってないんだ」

「それでそれで、どこで手に入るの？」

ぴょこぴょこと狐耳が跳ねる紡へ不敵に笑い口を開く。

「あれの材料、空き缶なんだぜ？」

二人の驚く顔を眺めながら、俺はこの一週間に多少の満足感を得たのだった。

†

翌朝、俺は宿屋の自室で巨大ニシンを解体していた。

初心者用解体ナイフでは大きさに問題があり、捌《さば》き辛いがゆっくりと解体していく。

マグロ包丁でもあれば良いんだが、生憎《あいにく》とそんな物は持っていない。

まずは鱗《うろこ》を峰で一枚一枚剥がしていき、鱗を全部剥がし終わったら腹下に刃の先端を差し込みサーっと尾の方まで一気に引き裂いて開いていった。

最終的に取れた材料は――

低級王者の鱗、低級王者の髭《ひげ》、低級王者の牙、低級王者の心臓、低級王者の瞳、低級王者の太骨、最高級ニシンの肉、最高級ニシンの卵。

こんな感じだ。このニシン、メスだったんだな……なんてアホな事は言わない。

解体マスタリーもⅡなので多少は補正を掛けてくれる影響もあり、幸いにも全て捌けた。ちなみにこの後、紡の知り合いに武器と防具を作ってもらう約束をしている。

ぬしから取れた素材があるので、良い武器を作ってもらえるかもしれない。

†

「勇魚《いさな》ノ太刀《たち》というのが作れるね」

そう言ったのは紡の知り合いの鍛冶師《かじし》だった。

前線で使われている武器の半分を作っていると噂が立つ程の腕前で、今人気上昇中。

種族は晶人。胸に付いた赤い宝石が煌《きらめ》いて、かっこいい。ちなみに女性だ。

「それにしてもこんな材料どこから手に入れたんだい？　職業柄色んな材料を見てきたけどこんな材料は初めてだよ」

「えっと海で釣ったんです」

「ああ、昨日港で騒がれていたのは君か！」

どんな風に騒がれていたのだろうか。

ともあれぬしの材料から強そうな解体武器が手に入る。

俺がキラキラした目で見つめていると鍛冶師《かじし》の女性は照れ臭そうに金槌《かなづち》を握る。

「武器作成！」

そう叫ぶと金槌が神々しく光る。その光は使うランクの高そうな携帯溶鉱炉などにも伝染して、材料を溶鉱炉に入れる。するとドロドロになって溶け出た光る液体が金敷《かなしき》に広がり、カンカンと金槌を強く叩《たた》いた。

実際に鍛冶がどんな手順なのかは知らないが、見ていて面白い。

鍛冶師も面白そうだな。まあ今の所、俺は釣りと解体だけで精一杯だが。

それから少し経った頃、勇魚ノ太刀は完成した。

「……結構デカイな」

太刀というだけあってかなり大きい。某狩猟ゲーにでも出てきそうな。そんな大きさだ。これで解体系の武器だというのだから二度目の驚きだ。

「おや？　+が付いている。君は運が良いね」

渡されたのは勇魚ノ太刀+1、思ったよりも軽い。

きっと解体マスタリーの補正があるからだろう。

「そういえば思い出した。勇魚は鯨《くじら》の事だったはずだ」

「へぇ……」

鯨用の武器かは知らないが、あんなに大きな生物を切る為の刃物なのか。

切り札として持っておこう。

そんな感じで他、鉄ノ牛刀、アイアンガラスキ、アイアンペティナイフの三つも作ってもらった。上から獣系、鳥系、植物系だ。

「ありがとうございましたー！」

「いや、こちらも珍しい武器を作れて楽しかった。君さえ良ければ面白い材料を見つけた時は私の所に来て欲しい」

「良いんですか？　俺は前線組ではないですよ」

「無論、人によっては作らない事もあるがね」

「なるほど」

なんというかアルトとは別の方向でロールプレイ入った人だ。

俺も少しロールプレイした方が良いんだろうか。隠居した釣り師みたいな感じでさ。

「私はロミナ。ローマ字でｒｏｍｉｎａだ」

「俺は絆、妹と文字違いで絆†エクシードで繋《つな》がるからいつでも連絡ください。まだ材料はそんなに稼げてないけど、その内優先的に売るんで」

「それは助かる。解体武器をメインにしている人は少ないからね」

「そんなに少ないんですか？」

「少ないよ。断言できる。特定武器で必ずドロップするなら良いんだが、ドロップ率はあまり高くないし、熟練度上昇速度も最低だと聞いたよ。更にお世辞にも強いとは言えない火力だからね」

「なるほど……」

「だから手に入った解体スキルのドロップ品はなんでも買い取るよ。幸いにも私は金銭的には困っていないからね。連絡を待っている」

「分かりました」

「では、また会おう」

そうして彼女は移動アイテム、帰路の写本で飛んでいってしまった。

一個1000セリンもする代物だ。前線の鍛冶師《かじし》は儲《もう》かっている様だ。

さて俺も道は違うが一歩進むとしよう。

そう息巻いて街からフィールドへモンスター狩りに行こうと思った瞬間、一つの露店に視線が向く。既にメインの商売人や製造スキル持ちは第二都市に移住を始めたそうなのだが、まだまだ第一都市で商売している人も多い。

そんな中、露天商の一人が売っている商品が俺の心を揺さぶった。

——船。

人が二人位しか乗れない小さな手漕《てこ》ぎボート程度の大きさの船だ。売っているのは蒼《あお》い宝石が胸に輝く晶人の少女だ。ボーっと空を眺めている。アルトと比べると覇気が無い。

装備はここ等の製造職が身に着ける一般的な安めの衣服。好みなのか、オーバーオールだ。田舎臭いという理由で着ている人は少ない。俺は好きでも嫌いでもないが。

そんな事よりも船に視線を集中させる。これがあれば、海でもっと釣りが出来るのではなかろうか。

ずばり、欲しい。

「……なに？」

ボーっとしていた少女が一言、ボソっと呟《つぶや》く。なんていうか、商売下手そうだな。

「これ、何セリンだ？」

「……4万」

「4万か！　良かった、10万とか言われたらどうしようかと思ったよ」

今まで船が売っている所は見た事がない。下手をすればそれ位するかもしれないと不安だった。しかし4万セリンなら多少出費は嵩《かさ》むけど、買えない額じゃない。

「じゃあ、4万セリン渡すな」

交換ウィンドウに4万セリンと入力する。すると置かれていたアイテムが姿を消し、相手の項目に木の船＋3と表示された。

「＋3なのか。結構良い物じゃないか」

「……一応材料は選んだから」

「あ、品質について気付いているのか」

「一部の製造スキル持ちは気付いてる」

まあそうだろうな。

単に魚を釣るだけの俺ですら気付いているんだから、気付いていて当たり前か。

「でも、4万をホイって出せるって、あなた、金持ち？」

「そうでもないさ。ちょっとしたはした金でね」

空き缶商法の賜物ですよ。十分稼がせてもらったので、使う時には使う。

「……金持ちは皆そう言う。貧乏人は文句付けて来る。お約束」

「なんかあったのか？」

「別に……船が高いって言われただけ」

「高いのか？」

「材料と経費でそれ位」

「じゃあ文句言われる筋合いは無いな。気にするだけ無駄だ」

「ん……オールも付けて置いたから使うと良い」

「おう、ありがとう。船を新調する時はまた買うな」

「ん……」

掴《つか》み所のない船職人だった。ともあれ船を手に入れた。
街を出てモンスターを狩る予定だったが、俺は反転してまたもや海へ向かった。

†

いつもの橋の前でアイテム欄を表示させた俺は、木の船＋3を浮かべた。
そして転覆しない様にゆっくりと乗る。
おお、現実でボートに乗った事があるが、違和感が無い。オールを使って漕《こ》ぎ始める。
「……中々進まないな」
おそらくこれにもスキルがあるのだろう。乗船スキルか、それともオールスキルか。
ともかく俺は大海原に繰り出すぜ。

†

——一時間経過。
スキルなしの影響か、まだ陸が見える。
いや、あまり離れ過ぎても危ない。そろそろ釣りを始めよう。

「ん？　なんだ、あれは」

陸とは間逆の空から一つ、黒い影が向かってくる。

よく見てみると鳥だ。鋭いくちばしを持った鷹みたいな鳥。鷹より若干大きい。

……モンスターじゃね？

俺は勇魚ノ太刀を取り出す……が、ガクンと船が揺れて、落ちそうになる。

「くそっ！　重過ぎるのか⁉」

おそらくは船に重量判定でもあるに違いない。

すぐに勇魚ノ太刀を仕舞ってアイアンガラスキ、鳥型モンスターと相性が良いという解体武器を手に持つ。

よし！　今度は沈まない。

「今だ。食らえっ！」

アイアンガラスキを大きな鳥、キラーウイングに振るが当たらずにカラぶった。

船の上という事もあるが、戦闘には慣れていない。

その隙を突いてキラーウイングは特徴であるくちばしで突いてきた。

「くっ！」

50ダメージを受けた。ステータス画面を眺めるとエネルギーが50減っている。

全てのステータスがエネルギー計算されるとは聞いていたが、こういう事か。

システムに納得しつつキラーウイングは更に攻撃を仕掛けようとしている。

くそ、俺はもう一度アイアンガラスキを振る。

——ザシュッ！

そんな効果音と共にキラーウイングに命中。ＨＰが三分の一減った。

これでも鉄を使った前線組でも使われている高価な武器なんだが……それとも、キラーウイングが強いのか？　どっちでも良い。今はこいつを倒す事だけを考えよう。

「てい！」

俺はもう一度手に持った武器に力を込めて振った。

殴り合いの結果５５０ダメージ。獲得エネルギー量は３００だった。

見事にマイナスだ。言い訳するなら、船の上では足が引っ張られる。

地上だったら、もっと上手くやれたと思う。

ともあれ俺は周囲にあの鳥がいない事を確認して釣竿《つりざお》を取り出す。

餌は事前に買ってある。今回はなんと小海老だ。

ミミズより上位の餌で、一個単価で結構高い。船購入記念といった所か。

優越感に浸りながら、糸を海に垂らす。

いつも通り竿の先端に神経を集中させてひたすら待つ。

——タイを獲得。

おお！　ついにタイだ。初めてスズキを釣った時も感動したが、引きが結構重かった。

これもフィッシングマスタリーⅢのおかげだな。

すぐに餌を付け直し、釣りを再開する。ぐいっと強い引きがやってくる。

巨大ニシンと比べると何段階も劣るが、今は慣れない船上。こっちは逆に力が入らない。

しかし負ける訳にはいかないと今までの基本に忠実に力を込める。

――ビンナガマグロを獲得。

「よっしゃ！　ついにマグロだ」

これは船を買った甲斐《かい》があったな。

確かビンナガマグロはビンチョウマグロとも言われてる奴だ。

高鳴るテンションを胸にマグロをアイテム欄に入れようと近づける。

うわっ！　一瞬船が沈みそうになった。すぐにアイテム欄に被せて無理矢理押し込む。

そんな感じで俺は充実感にも似た感動を抱きながら、もう一度糸を垂らしたのだった。

†

あれから一週間経った。俺は当初の目的をすっかり忘れ、釣りに勤しんだ。

いや……海釣り、思ったより楽しくて。

時に陸地が見えなくなるまで進み、モンスターに囲まれ命からがら脱出したり、アクアキラーホエールというシャチっぽいモンスターに殺されかけたり、ブルーシャークという名のモンスターに船を破壊されかけたり、ブレイブバードという大型鳥モンスターに追われたりしながらも釣りを続けた。

最終的には最初のビンナガマグロが釣れる場所が一番安全だという事実が判明したというのがアレだが……ともあれ、舵《かじ》スキルと船上戦闘スキルが項目に増えた。

どちらも船で行動する事で重要となってくるスキルだ。

舵スキルは船をコントロールする効果があって、オールでも効果がある。

船上戦闘スキルはいうまでもなく、船の上で発生するマイナス補正を解消する。効果を見る限り、ランクアップを繰り返せば船の上で追加補正も付くらしい。

「だけど、もっと向こうに行きたいな……」

アルトの話では、もうそろそろ第三都市への道が見つかってボスとの戦闘になるんじゃないか、と噂されているらしい。

その話を聞くと、俺何やっているんだろう……とか若干自問自答したくなるが、俺は海を見て思う。

——この海の先に何があるのか見てみたい。

絶対何かある。でなきゃ、こんなに海にモンスターがいる訳がない。

だが、能力的にまだ無理だ。

下手に無理してエネルギーを失うのは一番ダメだし、シャチやサメは俺より強い。今は堅実にエネルギーとマナを稼いで強くなるのが先決だろう。

もっと漁生活をしていたいが、俺は更なるステップアップの為、陸での戦いを決意したのだった。ちなみにマグロとタイのアイテムがかなり良い値で売れた。

らるくにもおすそ分けって感じで渡したら喜ばれた。

五話　グラススピリット

——ラファニア草原。

二週間遅い気もするが、俺は第一都市ルロロナの門をくぐった。

そこには蛇の様に長い道と草原が広がっている。

レベル上げを始めるには遅過ぎるのだろう。人の影は無い。ともあれ俺は一番攻撃力の高い勇魚ノ太刀を背負って歩き出す。

しばらく歩いていると前方にコモンウルフという犬型モンスターを発見した。

俺は背負っている太刀の柄を力いっぱい握ってジャンプ切りをかます。

ズバンッ！

爽快感のある音と共にコモンウルフが真っ二つになって消えた。

「は？」

一撃で倒してしまうとは、この武器はどれだけ威力があるんだ。

しょうがないので太刀を仕舞って、鉄ノ牛刀を取り出す。鉄ノ牛刀は刃渡りの大きい包丁といった作りで、威力は高そうだ。

一応解体武器に該当する包丁みたいだから、料理にも代用が効く。

太刀と比べても軽いので索敵も快適になった。

「もう一匹あそこにいるな」

最初のフィールドだけあって、モンスターから攻撃は仕掛けてこない。いわゆる練習用モンスターといった所だな。

「ふん！」

牛刀をコモンウルフに振るう。

今度はさすがに一撃とはならず、コモンウルフのＨＰバーが四分の三も削れる。

しかし喜びも束の間コモンウルフが好戦的な声を上げながら飛び掛かってきた。

「うわっ！」

まだ戦闘に慣れていないというのもあるが、俺は今までＶＲゲームをまともにプレイした事が無い。子犬とほとんど変わらない大きさだが飛び掛かられて少し腰が引けた。

「くっ！」

5のダメージが入り、エネルギーが5減少する。確かにこれはエネルギーを稼ぎ辛い。スピリットが弱い種族だと言われるのも納得がいく。

これ以上エネルギーが減らされるのはごめんだ。

もう一度、今度は突き刺す様にコモンウルフに突進した。するとと見事命中し、コモンウルフは地面に倒れ伏せた。

「ふぅ……武器が優秀で助かったな」

初心者用ではこうは行くまい。更に俺はエネルギーを少なからず多めに持っている。

そういう面も含めて簡単に倒せたに違いない。

「さて……試してみるか」

先程の真っ二つになったコモンウルフと違い、こちらは死体が残っている。

俺は鉄ノ牛刀をコモンウルフに向ける。

魚と違い犬を捌《さば》くのは気が引けたが、一応このゲームは全年齢で作られている。過剰な表現は起こらず粗い毛皮、獣の骨、コモンウルフの肉になった。

やはりそうだ。しっかりと解体すればちゃんとアイテムが手に入る。

おそらくこれは解体武器限定の効果だろうが、どうして誰も気が付かないんだ。

普通に誰か気付いてもおかしくないと思うんだが……さすがに狼相手に料理というか解体をしようって発想に至っていないのかもしれない。

何だかんだプレイ料金が高額なゲームだからなぁ……参加者も多いとは言っても常時接続型のオンラインゲームじゃないし……。

まあ良い。しばらくは解体スキル上げも兼ねてモンスター狩りをしていよう。

†

武器の性能が良いのもあるが、自分の適性狩り場がどの辺りなのかを探りながらフィールドを進んでいると、槍《やり》を持った緑色の小人……ゴブリンアサルトと戦っている少女が見えた。

遠目だが俺より身長が高い。

まあ俺は誰かさんの所為《せい》でロリキャラだ。俺よりチビは少ないだろう。

姉さんより幼く、紡よりは大人に見える。高校生位だろうか。クラスメイトの女子があの位の大きさなので多分合っているだろう。リアルでどんな人物かは知らないが。

格好は藍色の和服だ。金色の模様が描かれており、風情のある容姿をしている。

武器は扇子。

全武器を試したと話す奏姉さん曰《いわ》く、突きと打撃の攻守一体武器だそうだ。しかし攻撃する訳でもなく、ゴブリンアサルトと間を取りながら焦った顔をしている。扇子が白色の光を発しているのでスキルが発動しているのは分かるが、進んで攻撃を仕掛けている様には見えない。

「どうして攻撃しないんだ？」

少女がこっちに気が付く、不用意に声を掛けた所為でゴブリンアサルトが少女に向かって持っていた槍《やり》を使って突撃する。

少女はその突きを扇子の間に挟んで華麗にいなす。普通に強いじゃないか。

少なくとも、俺だったら突きを受け止めるのは難しい。

「乱舞一ノ型・連撃……」

少女がスキル名を呟《つぶや》くと、光っていた扇子の要の部分がバチンバチンと続けざまにゴブリンアサルトの額にメリ込む。やがて力を失い、地面に倒れ伏すゴブリンアサルト。

『ふぅ』と軽い溜息を吐いた女性。

「貴女、攻撃されたらどうするんですか！」

「すまん。何か不味《まず》かったか？」

「普通の種族なら問題ありませんが、私は……あら？」

「どうした？」

「貴女も魂人なのですか。これは失礼しました」

「はぁ」

少女は突然口調を柔らかくして親しげな声を掛けてきた。

「貴女なら分かると思いますけれど、魂人は攻撃を受けてしまうと経験値効率に直結するのです。ですから可能な限り攻撃を受けない様に戦っていました」

「そういう事か」

確かに以前戦ったキラーウイングは本来なら３００エネルギー入るはずが５５０ダメージを受けたので計２５０も減った。ステータスが全てエネルギーになるとそういう不便さもある。

それにしても彼女、装備は良さそうなのになんでこんな所で戦っているんだ？

「気になりますか？　先日エネルギーが少なくなってしまいまして」

まじまじと見つめていた所為《せい》か考えている事がバレた。

「俺に教えても良いのか？」

「別に誰かに話した所で変わる事でもありませんから」

少女は初日から意気投合したパーティーで戦っていて前線組だったそうなのだが、先日ボスとの戦闘で盾になったそうだ。

スピリットはエネルギーがＨＰの役割を示すので他の種族よりも圧倒的にＨＰが多い。なので扇子という攻守一体武器だったのも理由だが前衛として戦ったのが原因でエネルギーを相当削られたらしい。

そして能力が弱体化したと見るや掌を返す様にパーティー離脱を要求してくるメンバーに嫌気が差して自分から抜けて、強くなる為に今ここにソロでいる、という話だ。

「見ず知らずの同族の方に愚痴を話してしまい、申し訳ありません。気が立っていまして」

話が終わると少女は謝罪の言葉を口にした。

本当にパーティーだった奴等にイライラしているのだろう。

「問題ない。しかしありそうだとは思っていたけど、まさか本当にそんな事があるんだな」

「彼等は外道です。一度とて道を同じくした己が恥ずかしいです」

「その口調はロールプレイか？」

「ロールプレイ？」

「知らないのか？　演技って事だ」

「いえ、普段からこの様に振る舞っていますが、何か問題でも？」

「別に、それなら問題ない」

オンラインゲームでは珍しいタイプの人だと思う。

無論、最も有力な線はそれすらも演技、なのだが。

「それならパーティーを組まないか？　同じスピリット同士、多少は理解できるだろう」

「良いのですか？　私はエネルギーが２００００ですよ」

「俺も同じ位だ。むしろ丁度良かったかも。効率の良い狩り場とかも知っているんだろ？」

「ええ、第二都市周辺まででしたら」

「じゃあ良ければ一緒に組まないか？」

少女は左手を口元に当てて考える素振りを見せた後、柔らかな笑顔で。

「分かりました。共に参りましょう」

「俺は絆だ。よろしくな」

「私は函庭《はこにわ》硝子《しょうこ》と申します。これからよろしくおねがいします」

随分と綺麗なお辞儀をしたものだから、ついこっちも『こちらこそ』とお辞儀で返してしまった。

ところで『これからよろしくおねがいします』ってお見合いみたいだよな。

†

「前線組にいたっていうのは本当みたいだな」

俺はポツリと呟《つぶや》いた。

戦闘になった際の硝子は先程とは打って変わって鬼人の如《ごと》き迫力がある。それもペアになった事による安全度からくるものだと本人談。何より扇子の攻守一体攻撃の間を縫ってアイアンガラスキで切り掛かるのも楽で良い。

「疑っていらしたのですか？」

「半分な」

「酷《ひど》いお方です」

「そうは言っても本人の証言だけで、実際に見てきた訳じゃないからな」

「では、今は信じてもらえますか？」

そこは素直に頷《うなず》く。

扇子は敵の武器を間に挟み、耐久力の低い武器ならば横に力を込める事でポキっと折れる。刀剣類だとその確率が上がる所を見るに剣に対するアンチ武器かもしれない。

しかしそれを実現するには相手の武器を受け止める必要がある。そんな神技を迷いなく防御、武器破壊の流れに持って行く動作がまるで舞っているかの様に見える程、硝子の動きは洗練されていた。ほんの二週間前までこのゲームの初心者だったとは思えない。

「絆さんはこれまで何を？」

「最初の街でずっと釣りをしていた」

「釣りですか。イワシを頂きましたが美味しかったです」

目を閉じ両手を合わせて俺を拝んでくる。

いや、俺に手を合わせられてもな……硝子とパーティーを組むと戦闘が安定した。

お互いスピリットなので攻撃を受けない様に戦う配慮も自然と出来る。

「そういえば硝子は解体武器で知っている事ってあるか？」

「魔物が落とす道具に追加があると聞き及んでいますが」

「そうか」

さて、どうするかな。俺の周囲にはフレイムコンドルの死体が転がっている。

解体すれば程々に良さそうな物を獲得できそうだが。

何よりも解体中にモンスターがやってきても硝子なら倒し切れる。プレイヤースキルだけなら確実に硝子の方が上だ。安心して護衛を任す事も出来る。

……遅かれ早かれ誰かが気付くだろう。ばらされたとしても問題ないか。

「秘密にして欲しいんだが、解体武器には世間で広まっていない隠し効果があるんだ」

「その様なものが……一体どういったものなんですか？」

「ああ、ちょっと見ていてくれ」

俺はアイアンガラスキでフレイムコンドルの右羽根を切り取る。

すると硝子は口を挟んできた。

「絆さん。たとえ魔物でも死者に鞭《むち》を打つ行為は感心しません」

「違う。よく見ていてくれ」

俺は簡単に解体していく。

すると炎の羽根、燃える羽根、鳥類の骨、コンドルの肉、と四種類のアイテムに変化した。

「まあ！　絆さんは命を大事にするお方なのですね。函庭硝子、感心いたしました」

「……？」

まるで真逆の事を呟《つぶや》く硝子。

「命を奪うのは……はい。生きているのでしょうがない事ですが、その命を最後まで無駄にせず扱う事は素晴らしい事です」

「そういう意味か」

どこぞの和尚様みたいな事を言ってのける硝子。妙に威厳があって納得してしまった。失礼かもしれないが『お米は農家の方が一粒一粒心を込めて――』とか素で言い出しそうだと考えていた。

何気なく当然の様に頷《うなず》いているが、こういうタイプってゲームとかするイメージじゃないよな。こう、お嬢様校とかで優雅に暮らしてそうというか。

まあ趣味は人それぞれなので文句は言わんが。

「こういう訳で本来の使い方が認識されていないんだ」

「なるほど。これは予測ですが、解説に問題があるのではないでしょうか」

「というと？」

「はい。解体武器は解説で『武器説明……生物や植物などを解体する為に作られた武器群。モンスターを倒した際にアイテムをドロップする』と記入されていたので、説明不足だったのではないでしょうか」

　確かに硝子の言葉通り、あの解説文はちょっと説明不足だ。

あの解説では倒したモンスターが落とす。みたいに通じてしまう。

おそらく攻撃箇所から判定があるのだろう。例えば今回倒したフレイムコンドルならば
羽根を付け根から切り落とす、みたいな感じだ。

戦闘中に実践するのは想像よりも遥かに難しい。

あの鳥、結構速く羽ばたいているしな。

「事情は概《おおむ》ね把握しましたが、どうして秘密なんですか？」

「当然誰も知らないという事は、得になるからだ。現に今このアイテムを売れば高く売れるはずだろ？」

「ですが世間にこの事実を公表すれば人様の役に立てるのではないでしょうか」

「硝子、お前を使い捨てにした奴等にご丁寧に教えてやるのか？」

「……なるほど、教えたくありませんね」

「えらく納得が早いな」

「私は聖人君子ではありません。好意を寄せる方と寄せない方がおります」

　ちょっと意外だった。まあ俺も嫌いな奴に進んで親切にしようとは思わない。

　むしろ嫌がらせをしようとまではいかなくても、可能な限り会わないで済む様に心掛け

るに違いない。つまり硝子にもそういう心理がはたらくという事なのだろう。

「分かりました。二人だけの秘密にしましょう」

「そうしてくれると助かる」

思ったよりも理解が早くて助かる。

硝子は俺が想像するよりも遥かに物分かりの良い。頭の良い子なのかもしれない。

そういえばもう一つ、頭が良さそうな要素があった。

「ところで武器解説、全部覚えているのか？」

「はい。私、説明書などは熟読する性質なんです」

付き合いは短いが、それはなんとなく分かる。

説明は難しいが、外見とは違って携帯電話とかパソコンとか普段使わない知識まで知っていそうな、使いこなせている印象を受ける。

「では、売却時には数を減らし、一部は保管しておくと良いのではないでしょうか」

「突然流通量が増えれば勘付く奴も出てくるだろうしな」

「しかし、私は幸運かもしれません」

「そうか？」

むしろ二週間分の努力をボス戦で使い切り、仲間も失った所からして不幸だと思うんだが……俺だったら一回不貞寝するレベルだ。

「数少ない同胞の方、しかも絆さんの様な方と知り合えたのですから。これは離脱を促した方々に感謝しなければいけませんね」

硝子は『実際はしませんが』と付け加え、柔らかな笑みをこぼす。

なんというのか、こいつ天然のタラシ臭を感じる。ちょっとドキっと来てしまった。

「ですが絆さん。女の子なのですから言葉はもう少し選んだ方が良いかと――」

「………はぁ。そこからか」

俺は自分が訳あって外見は女の子だが中身は男である事を説明し、できれば男として扱って欲しい旨を伝えた。

結局話が付いた頃には陽は傾き、夕陽で辺りは紅に染まっていた。

補足だが、二人で狩りをしたという事もあるがエネルギー効率が今までとは比べ物にならないくらい上がったので硝子様々としておく。

六話　第二都市

──第二都市ラ・イルフィ。

「では絆さんは紡さんとご兄妹なのですか」

狩りを終えた俺達は第二都市に来ていた。

解放クエストがクリアされるまでは入る事が出来なかった都市なんだそうだ。

まあ、第一都市が結構大きいし、近隣も広い。一直線に来ないとここまで一日では来れないか。

今日の戦利品を半分にしている最中に『もしかして』と硝子が紡と俺の関係性について訊ねてきた。

普通気付くよな。名前的な意味で。

「ああ、あいつ何か迷惑とか掛けなかったか？」

「元気が良くてとても素晴らしい方だと思いますよ。都市開放戦では彼女がいなければ私はもっと弱体化していたと思うので感謝してもしきれません」

「そりゃ良かった。紡はゲームとなると調子に乗る所があるからな。気に障る事があるかもしれないが、これから会う機会があっても気にしないでやってくれ」

昼間の会話で同じ戦場にいたのだから接点はあるかもとは思っていたが硝子と紡が知り合いだとは。聞けば狩り場でも度々目撃していたらしいので、もしかしたら紡の方も硝子の事を知っているかもしれないな。

ともあれアイテム分配だ。

これはオンラインゲーム全体で言える事だが専用のシステムが無い限り、パーティーを組んだ場合、ドロップアイテムはメンバーで分けるのが基本だ。

ゲームによってはランダム分配で終わり、なんて事もあるので断言は出来ないが、どうやらディメンションウェーブはシステム的な分配は無いみたいだ。残念ながらレアアイテムなどは入手していないので、普通に半分にして硝子に交換ウィンドウを表示させて渡す。

「お手数を掛けてしまってすみません」

「何、戦闘ではかなり硝子に依存していたからな。これ位は任せてくれ」

「はい、ありがとうございます。絆さんのおかげで金銭的に恵まれそうです」

「そう言ってもらえると組んだ甲斐《かい》はあるな」

解体武器様々だな。

ちなみに事前の打ち合わせ通り俺と硝子は意図的に解体武器の効果が分かる内容を口に

していない。いつ誰が聞いているか分からないからだ。

　これが普通のオンラインゲームなら攻略サイトとかで絶対に解体武器の効果が既に書かれているだろうな。こういう所もセカンドライフって言える所なのかもしれない。

「さて、硝子はこれからどうする？」

「そうですね。あれから二時間程経過しています。ですからマナを振って、もう一度狩りに行こうかと。もしよろしければ絆さんもご一緒にいかがですか？」

　言われて気付いた。度々忘れるがスキル振りを俺はよく忘れる。

　頻繁にステータスを開かないのも理由だが、これからはよく確認しよう。曲りなりにもスピリットというエネルギー＆マナが重要な種族だしな。

「そうだな……そろそろ陽も落ちるが、理由でもあるのか？」

「八時、こちらでは20：00から翌朝に掛けてまでしか出現しない狩り場がありまして、エネルギー効率が大変よろしいんです」

「なるほどな……足を引っ張るかもしれないが、硝子さえ良ければ一緒させてもらうか」

「私は絆さんとなら喜んで同行しますよ」

　そうして一時間の休憩を挟んで、もう一度狩りへ出掛ける事になった。

　俺は一時解散の際に忘れないうちにステータスを確認する。

　マナの振り忘れは困るからな。

名前／絆†エクシード　種族／魂人
エネルギー／19740　マナ／1650　セリン／109230
スキル／エネルギー生産力Ⅷ　マナ生産力Ⅴ　フィッシングマスタリーⅣ
解体マスタリーⅢ　元素変換Ⅰ

習得したいスキルは……エネルギー生産力Ⅸ、マナ生産力Ⅵ、フィッシングマスタリーⅤ、夜目Ⅰ、舵《かじ》マスタリーⅠ、船上戦闘Ⅰ、クレーバーⅠ、高速解体Ⅰの八つだ。

舵マスタリーと船上戦闘は思い出すまでもない。

夜目は名前の通り夜間における視力低下を抑える効果と夜間戦闘における戦闘力に補正を掛けられる。取得条件は二十四時間以上夜に行動をしているだったか。

後ろ二つは昨日載っていなかったので、今日条件を達成したのだろう。

効果は……。


クレーバーⅠ。

解体武器の初級攻撃スキル。

骨や関節を切断する際に大きな追加ダメージを与える。

一回の使用に50エネルギーを消費する。
取得に必要なマナ200。
獲得条件、解体武器によるモンスターの討伐数が100体を超える。
ランクアップ条件、解体武器によるモンスターの討伐数が500体を超える。

高速解体マスタリーI。
解体武器の自己支援スキル。
一定時間、解体に掛かる時間を早める効果を自身に付与する。
一回の使用に100エネルギーを消費する。
取得に必要なマナ300。
獲得条件、解体武器でモンスターを100体以上解体する。
ランクアップ条件、解体武器でモンスターを500体以上解体する。

どちらも戦闘やフィールドで使うスキルだ。
クレーバーはいうまでもなく戦闘スキルなので狩りには必須と言える。
度々硝子が攻撃スキルを使っていたがエネルギーを消費させていたのか。
後で感謝の言葉くらい掛けておかないとな。

思考を戻すが、高速解体はパーティーでは必須なのではなかろうか。

今回の狩りで一番困ったのは解体に掛かる時間だ。その所為《せい》で何度も硝子を待ちぼうけにさせている。解体で得たアイテムはお金になるのでしょうがないにしても、このスキルを取得するだけで多少補えるのだから必要になるはずだ。無論、パーティー以外にもソロで解体している最中に後ろから攻撃されたらたまらない。これは必須だろうな。

俺は迷わず二つとも取得する。

幸いにもこの二つは毎時間エネルギーを消費するタイプではなく、使用する度にエネルギーを消費するタイプなので安心して取得できる。マナは多少使うが、今は他のスキルに振る量も溜まっていないので問題ないだろう。

しかしエネルギーはＭＰの役割も担うとマニュアルに書いてあったが、これってかなり優秀だよな。エネルギーさえ際限なく使えるならば、無限にスキルを使える事になる。とはいってもエネルギー効率の関係、乱発は避けたい所か。

スピリットという奴は本当戦闘に気を遣う種族だな。

硝子の経験談を参考にするに、些細《ささい》な事で弱体化を招いてしまう。

無論、ボス戦で長時間耐えられたのは大量のエネルギーがＨＰの代わりとして機能したおかげだから、エネルギーさえあれば耐久力も攻撃力もある万能種族だ。

しかし残念ながら使用できるエネルギーには限界がある。

これが一番の問題なんだろう。

節約を取るか、浪費による効率を取るか、それがこれからの課題か。

料理技能は不要な時は外している。

「さて、第二都市に来たんだ。時間まで川釣りでもしよう」

†

「すまん。遅れた」

偶然知り合いに遭遇して約束の時間を過ぎてしまった。

当然、少し遅れると一報入れたが、遅れた事実は変わらない。

「いえ、問題ありません。何かトラブルでもありましたか？」

「単純に調理場を借りて料理していたんだ」

料理に関しては手持ちのアイテムの中から作れる料理が表示される。

焼き魚は一番簡単な料理で、使用する魚と追加する調味料で味が変わる。

火……もしくはかまどがあれば作成可能だ。

実は街灯と言うか場所によって設定されている灯りの近くでも作れたりする。

料理に関しては親が共働きな影響もあって……あの姉と妹では俺が料理をする事がそこ

そこ多い。姉さんも出来るけどさ。

だから多少心得があるんだけど……ゲーム内だとそこまで反映はされてないかな？

もっと技能を上げたら作れる料理とか増えそうな気はする。せめて刺身が作れたら良いんだけど料理技能Ⅰでは作れなかった。

「絆さんは料理人でもあるのですか……なるほど、解体に気付いたのも頷《うなず》けます」

「ああ、遅れた謝礼だ。アユとヤマメ、どちらも塩焼きだ。どっちが良い？」

アユとヤマメって微妙に釣れる時期ズレてるよな。

ゲームなので川魚なら時期とか関係なく釣れるのかもしれない。

「では……ヤマメで」

一度考えた後、硝子はヤマメを受け取った。

さて、これから夜間戦闘をする訳だから色々と聞いておかないとな。

「先に聞いておきたいんだが、何か必要な手順とかあるか？　既に話したと思うけど、生憎《あいにく》と俺は戦闘経験があまり無い。当然狩り場のルールなんかも詳しくないんだ」

「そうですね。光源は私が持っていくので問題ありません。あ、絆さんは上着などの類《たぐい》を所持していますか？　夜は冷えるので持っていて損はないと思います」

塩焼きのヤマメに『いただきます』とご丁寧に手を合わせながら硝子は説明する。

本人曰《いわ》く、本当は行儀が悪い行いなのだそうだが、この世界では一般的に見られる光景なので『郷に入れば郷に従えという諺《ことわざ》もありますから』と補足していた。

「上着か、残念ながら持っていないな」

「なら、私のお古を使いますか？　劣化品になりますが、耐寒効果が付与されているので現在判明している寒さには耐えられるそうですよ」

「いいのか？」

「もちろんです。既に無用な物なので処分に困っていた所でしたから」

すると硝子は大きめな羽織を渡してきた。

アイテム名は『粉雪ノ羽織』。弱い耐寒効果が施されており、防御力も増加する。

ただし軽そうに見えるが重量設定があるので付けると少し身体が鈍重になる。なので寒い場所や固定狩りなどで使っていたそうだ。

「俺はどちらかと言えば洋物の服をつけているが大丈夫か？」

羽織を着てみて感想を求める。

言葉通り、現在つけているのは黒色のワンピース事『ガイストドレス』。簡単に作れる物で性能が一番高かったというのが理由だが、若干ゴシックロリータの気色が混ざっている。

一応魂人専用装備だ。

効果はスピリットが受けるエネルギーダメージを微弱に軽減してくれる。これ等の衣類系防具しか装備できないのが解体武器の難点だろう。

周囲を見回して短剣を腰に下げた奴を見つけるが軽装、ライトアーマーなどの類《たぐい》を装備している。解体武器を使う奴が少ないのは低い防御力も理由に違いない。まあ半生産職なのだからしょうがないと言えばしょうがないが。

「思ったよりも似合っていますよ」

「『思ったよりも』というのが気になるが……ありがとう。大事に使わせてもらおう」

仮に似合っていなかったとしても性能装備として使えば良い。

オンラインゲームではよくある事だ。

「それで行き先はどこなんだ？　どんなモンスターがいるか事前に知っておけば混乱も少なくて済むだろう」

「そうですね。説明しますと、常闇《とこやみ》ノ森という、夜にしか入れない場所がありまして、そこに生息するダークネスリザードマンが主な標的です――」

硝子の説明を要約すると、ダークネスリザードマンが沢山沸くスポットがあり、エネルギーの実入りが良いそうだ。ただしダークネスリザードマンはハーフ&ハーフソードを所持しており攻撃力も高いので、魔法スキルや攻撃スキル持ちというだけでは厳しい。なので一部のスキル構成の者以外滅多に足を踏み入れない穴場らしい。

本来であれば盾スキル持ちが一人はいないと狩りとして成立しないが俺達の総エネルギ

ー量が敵よりも多い事。扇子の攻守一体、武器破壊がダークネスリザードマンと相性が非常に良い事などを加味してソロでも十分に許容範囲である、という理由から『常闇ノ森』を選んだそうだ。

「聞いた限り解体武器とは相性が悪そうだが良いのか？　下手をすると寄生してしまうかもしれないぞ」

まあ既に半分寄生している様な気もしなくもないが。

今までは一応武器相性が良かったのでダメージの通りが良かったのも理由だがな。

「例の『アレ』もありますから。絆さんが役に立たないなんて事はございません」

「そうか、例のアレか」

無論、解体の事だ。

確かにあまり狩る人がいない狩り場のモンスターが落とす素材なら、金銭的に潤うのは計算しなくても分かる。ドロップ品によっては元素変換するという手もあるので、考え無しに誘った訳ではなさそうだ。

「じゃあ引き続きよろしく頼む」

「こちらこそよろしくおねがいしますね」

そう言って人が沢山いる場所で硝子は大きくお辞儀をした。

七話　闇から這《は》いずる影

「クレーバー！」

俺がそう叫ぶと鉄ノ牛刀が赤色に光る。そして遠心力が発生してダークネスリザードマンへと勢いを付けて切り掛かった。

――ドサッという音と共にダークネスリザードマンの右手と一緒にハーフ&ハーフソードが地面に突き刺さると、攻撃力を減退したダークネスリザードマンに追撃を掛ける。するとダークネスリザードマンは咆哮《ほうこう》を上げる間もなく倒れた。

「一匹倒した。硝子、そっちは大丈夫か？」

「問題ありません！　乱舞二ノ型・広咲！」

スキルを使う前から発光していた硝子の扇子が開き、花弁が舞うかの様なエフェクトと共に二匹のダークネスリザードマンを切り裂く。

片方は崩れ、もう片方はハーフ&ハーフソードを硝子に向けた。

刃を扇子で受け止め、バキンという音を立てて武器破壊を発生させる。

「充填……」

硝子が呟《つぶや》くと扇子が薄く白色に光り始める。

その間も硝子はダークネスリザードマンに扇子の突きを入れてダメージを与える。

加勢しなくても問題ないだろうが鉄ノ牛刀で横からダークネスリザードマンに切り掛かる。丁度硝子の打撃と重なり、ダークネスリザードマンは倒れた。

「絆さん、お怪我《けが》はありませんか？」

「問題ない。思いのほか戦えている。さすがに二匹同時は無理だがな」

ダメージよりも獲得エネルギーが勝っている。

その間も硝子の扇子は発光を強めている。これは扇子の効果だ。

扇子の攻撃スキルは溜めが必要なものが多い。十秒から三分間位溜めて硝子は使っている。蓄積時間が長ければ長い程発光も強まって、威力も増す。その間にモンスターの攻撃を防ぎ、通常攻撃を織り交ぜながら交戦するのが扇子での戦闘スタイルだ。

難点を挙げるなら攻撃も防御も中途半端という事か。

攻撃スキルは範囲系が多いのでダメージが低く、防御は盾には劣る。

「じゃあこいつ等を解体する。敵が沸いたら処理を頼む」

「分かりました」

俺は倒れたダークネスリザードマンに鉄ノ牛刀をそのまま向け、鱗《うろこ》から順に剥がしていく。そして効果が切れている事に気が付き小声でスキル名を呟く。

「高速解体……」

　すると解体速度が上昇する。更にスキル説明には記入されていないが、二つ隠し効果がある。一つは解体成功率にも補正が発生する。早く解体している割に取れる量が使用前後で差が無いのはその為だ。

　もう一つは解体武器を使っている際に少量だが身体が軽くなる。

　解体速度とやらが攻撃速度と同カウントという事なのだと判断している。

　ともかく死体が三つもあるので急がなくては。

　そんなにすぐに新たな敵がやってくる事は無いが急ぐに越した事は無い。

　敵の攻撃を扇子で防ぐ金属音が響く。

　硝子の方は既に戦闘が始まっている。予測よりも敵が早く沸いた。急がなくては。

　敵が三匹以下なら解体を続けると事前に決めてあるので俺は解体に集中する。

　これが解体武器の仕事だとは理解しているが、焦りはある。

　だが今は自分の仕事を全うするだけだ。

「終わったぞ。そっちは………大丈夫だったみたいだな」

　三匹の解体を終えた頃に丁度硝子が戦っていたダークネスリザードマンが倒れた所だった。俺は何か言われるまでもなく、そのまま解体作業を始める。

　確かに効率が良い。一時は人気狩り場だったらしいのも頷《うなず》ける。

「エネルギーの調子はどうですか？」

「そっちこそ頻繁にスキルを使っている様だがどうなんだ？」

「私はエネルギー生産力がXですから、この程度の量ならば問題ありません」

俺よりも二段階ランクが高い計算だ。さすがは元前線組。取得スキルも良いのが揃《そろ》っているな。

「それなら不要なスキルを削って街で何もせずに数日待機したら大幅に黒字になりそうなんだが……」

「自然回復では上限がありまして、限界は低いんですよ」

「ああ……そうなんだ」

全然戦ってなかったし、上限に至る事も無かったから知らなかった。そんな要素もあるんだな。考えてみれば当然か、何もせずに強くなれたら苦労しない。

話をしている間も手を動かしアイテムを確実に手に入れていく。

「ふぅ……」

敵の波が止み、解体するモンスターもいなくなったので軽く深呼吸する。

周囲は深い闇の森だ。

硝子が持って来た提灯の灯りが唯一の光源で星の光一つない闇の世界。

そんな深い森の中で一本道の洞窟を陣取って狩りをしている、という状況だ。

これもかれこれ二時間近く続けているので大分慣れてきた。

「絆さん、大丈夫ですか？」

「ああ、問題ない」

「無理は禁物ですからね？　私達は魂人なんですから、些細《ささい》な失敗が命取りになります」

「これ位なら別のオンラインゲームで紡に付き合わせられた事に比べれば楽なもんだ」

「分かりました。では、もう一時間程続けて様子を見ましょう」

ダークネスリザードマンは硝子の話通りかなり美味しい。

撃破数も多いので獲得アイテムも膨大だ。それでいて人も見かけない。

硝子のおかげという部分が大部分を占めているが安定して狩れるのも良い所だろう。

無論、視界が悪いのが最大のネックだ。しかしこれなら夜目を取得するのも検討に入るくらいにはエネルギー効率が良い。

尚、既にエネルギー総量20000を超えた。このまま増えてくれれば良いんだがな。

「…………？」

「どうした？　何かあったか？」

不思議そうな表情をする硝子。こんな顔を見るのは初めてなので気になって訊ねる。

「いえ、何かおかしな音がするので気になりまして」

音？　言われて俺は耳を澄ませてみる。

その手のスキルを取得していないので音に変化は無い、けど。

——ザ、ザ、ザ、ザ、ザ。

確かに何かが走る様な音が聞こえてくる。

「……そこです！」

硝子が何も無い場所に扇子を振るう。

バチンという音を立てて半透明な物体が黒煙に巻かれ姿を現す。

「待ってくだされ！　自分は外敵ではござらん！」

言い訳と共に頭からすっぽりと黒装束を身に纏《まと》った忍者みたいな奴がいた。

おそらくは潜伏だとかハイディングみたいなスキルに違いない。

にしても『ござらん』って俺が出会う奴はどうしてこうロールプレイヤーが多いんだ。

「そんな言い訳が通用する状況だとは思えません。言いなさい。何が目的で私達に接近したのかを！」

「違うでござる。隠れていた訳ではござらん。ボスモンスターに追われていたのでござる」

「このフィールドのボスというと……リザードマンダークナイトですか？」

「知ってるの？」

「ええ……レア素材以外はドロップが渋くて、割に合わないと、今では狩られないボスです」

何処《どこ》のオンラインゲームでも言えるけど、狩り場の衰退は悲しいなぁ。きっと第二都市が開放されるまではこのフィールドもプレイヤーで賑《にぎ》わっていたんだろう。

「自分は闇属性装備の素材を集めていたでござるが、運悪く遭遇してしまったでござる。そして逃げていたでござるが、潜伏スキルを使うとボスでも反応が少し鈍るのでござる」

「ふむ。お前の話が真実だと仮定して、そのボスモンスターはどこにいるんだ？」

嫌な予感しかしないんだが一応訊ねる。

「この洞窟の目の前でござる」

「やっぱりか……」

最初の言い訳を聞いていた時から、その可能性については考えていた。

洞窟の先を恐る恐る眺めてみても闇が一帯を支配していてよく見えない。

「自分、夜目を取得しているので見えるのでござる」

「なるほど。じゃあボスがいるとして、これからどうするか、だ」

都市帰還アイテム『帰路ノ写本』はダンジョン判定の施されている常闇ノ森では使用できない。そしてここは一本道の洞窟内。逃げ道は一つしかない。

その逃げ道はボスモンスターが占拠している。

「貴方、なんて事をしてくれたのですか！　私達は簡単には死ねないんですよ！」

俺達スピリットは簡単に死ねない。

死ねばエネルギーが0になり、大きく弱体化してしまう。言うなれば全レベルダウン。落ち着いて考えているが、内心では相当焦っている。

下手をすれば今日の分どころかこれまでのエネルギーを全て失ってしまう。

何か良い手段は無いか。

「それは自分も一緒でござる！　自分は死ねないのでござる！」

「待て。俺達は分かるが何故お前まで死ねない。他の種族ならちょっとしたデスペナルティがあるだけでそこまでマイナスにはならないだろう」

「自分、スピリットでござる故」

「………………」

俺は手を額に当てて仰いだ。

少ないと噂のスピリットがどうしてよりにもよって、こんな過疎ダンジョンに三人も集まっているのか。どれだけ奇跡的な確率だって話だ。

「俺達もスピリットだ」

「なんと！」

「同胞の方に出会えたのは嬉しい限りですが、出来る事でしたら別の場で出会いたかったです」

硝子の言葉通り可能ならばこの黒装束とは別の機会に出会いたかったよ。

「今は辛酸をなめて耐えましょう。今私達に必要な事は責任の押し付け合いではありません。この危機をどう乗り越えるかです」

「そうだな。硝子の言う通りだ」

何か策を講じるにしてもありきたりな手段がボスに通じるとは思えない。

曲りなりにもボスだ。硝子はまだしも俺は解体武器という致命的な武器を使っている。

正面からの戦闘で勝利できると考えるのは明らかに無謀だ。まして目の前の黒装束に期待するのも無茶な話だ。何故なら、こいつはボスから逃げてきたのだから。

「この罪、死をもって償うでござる！」

「それがダメだから考えているんだろう？」

「幼子殿……」

……おい。幼子ってなんだよ。少なくとも小学生程度だろう？　キャラクター的にさ。

「絆だ。幼子はやめてくれ」

「これはご丁寧に。自分、闇影《やみかげ》と申すでござる」

「……忍者か？」

「忍者って実在したんですね」

「いや、これゲームだからな？」

「そ、そうでした……」

ともあれ俺達は簡単な自己紹介を済ませる。

黒装束の名は闇影。

かなりステレオタイプの忍者をロールプレイしていると思われる。

オープンネカマ、和風敬語少女、ござる忍者……なんて痛い連中なんだ。俺達は。

「ボスはまだ洞窟前にいるのか？」

「移動する気配すらござらん」

「確認だが、モンスター名を言えるか？」

俺は視線だけを硝子に向けるとすぐに硝子はこちらの視線に気付いた。硝子は相手の目をガン見で話をするからな、こういう時は便利だ。

付き合いは短いが意思を伝える事だって無理ではないはず。

問題は、視線を送っているのに不思議そうに『?』マークを浮かべている事だろうか。

こりゃダメだ。

まあ俺達は今日出会ったばかりだからな。目と目で通じ合うなんて普通に無理だよ。

ちなみに何を伝えたいかはボスモンスターの名前は合っているか、だ。

闇影が嘘をついているとまでは言わないがスピリットである俺達をＭＰＫしようとしている、なんて最悪な可能性だってゼロじゃない。

「訊ねるまでも無いと思うが、三人で勝てるか？」

「都市開放戦に挑んでいた時は賑《にぎ》わいもありましたし、数で勝てましたが、今は不可能でしょうね」

「無理でござろうな」

必要レベルとかそのあたりが足りない強ボスなのか。厳しいな。

「なんでも良い。この場を潜《くぐ》り抜けられる手段、思いつかないか？」

「逃げるというのはどうでござろうか」

「お前はそれで命からがらここに逃げてきたんだろ？」

逃走作戦は否決。次に挙手したのは硝子だ。

俺の目を硝子の瞳が透き通る様に見つめてくる。

「どんな案だ？」

「誰かが囮《おとり》になるというのはどうでしょう」

「無難な案だが、誰がなる」

「言いだしっぺの私がなりましょう」

随分と威勢は良いがその案は俺的に否決だ。

硝子は以前にもボス戦でエネルギーを大量に失っている。個人的意見になってしまうが、スピリット仲間として同じ事を繰り返させたくない。

「反対だ」

「自分も反対でござる！」

意外にも闇影の方が強く反対意見をプッシュしてきた。

こいつもスピリットらしいから意見が合うのかもしれない。

「どうしてですか？　状況的にそれが一番でしょう」

「函庭殿の意見を採用するのであれば自分がその任を受け持つでござる」

「悪く思われるかもしれませんが絆さんや闇影さんでは防御面の問題で難しいかと思います。その点私なら扇子の防御スキルがありますから、運が良ければ逃走も可能です」

「しかし、事の原因は自分。見ず知らずの同郷の者を犠牲にする訳には——」

硝子と闇影はお互い自分が犠牲になると言い合っている。

「どっちも反対だ。お前等何、自己犠牲精神発揮してやがる！　重要なのは全員でここから脱出する事だろう？」

二人は俯《うつむ》いて地面を見つめる。

これがマンガなんかに登場するデスゲームなら感動的場面だろうが、死人が出ないこの世界で自己犠牲の問答をしても意味が無い。当然半ＭＰＫ状態にしてしまった闇影にも問題はあるが、わざとではないのだから追及する問題じゃない。

全員が全員不遇種族であるスピリットを使っているのだから、気持ちは誰よりも分かるはず。そんな俺達が同族を犠牲に助かりたいだなんで考えるのも嫌だ。

今は一つでも助かる手段を考えるのが先決だろう。

「そういえば聞いてなかったな。闇影はどんなスキル構成なんだ？」

「自分は夜目Ⅰ、潜伏Ⅰ、ドレインⅦでござる」

「ドレイン？」

「闇魔法の項目にある、ＨＰやＭＰを敵から奪って自分のものにするスキルです。随分とレベルが高いですね」

「へぇ、そんなのがあるのか」

「然様《さよう》でござる。スピリットで使えばエネルギーをモンスターから吸収できるのでござる」

中々に便利じゃないか。だが、Ⅶってどれだけ上げているんだよ。

「お前って実はエネルギー高い？」

「そうでもござらん。２００００と少しでござる」

「あれ？　２００００？　俺とほとんど変わらないじゃないか。なんでⅦなんて取れるんだ？」

「毎時間マイナス３０００でござる」

おい……闇影の言っている意味は単純に言えばエネルギー生産時給だ。

俺達スピリットは取得スキルでエネルギーにマイナスが生じる。

なので取得可能なスキルならばいくらでも取得できる。だからエネルギー計算をマイナスにしても良いのならマイナスの状態で取得する、なんて事も理論上では可能だ。

つまり闇影は一時間毎に3000のエネルギーが失われていく状態、という事だ。

「それで元が取れるのか？」

もしもマイナスを遥かに上回るエネルギーを得られるのならば、それはそれで立派な戦い方だ。いわゆるハイリスクハイリターンといった所か。

「一日1000位上回るでござる」

とんでもない程自信に満ちたドヤ顔だ。

「絆さん、この方……」

硝子が心配する程なので相当なのだろう。俺は別の方向を向いて誤魔化す。

まあこういうプレイヤーだって少なからずいるさ。むしろこういう尖《とが》った奴がいるからオンラインゲームは面白いとも言える。

ちなみに総エネルギーは俺が23000で、硝子が25000、闇影が20000だ。

基礎生産エネルギーは硝子が一番多い。こうなってくると硝子の言った案が一番安全な策だが、俺はその案だけは認めたくない。

「ともかく実物のボスを見ない事には始まらないな」

「自分には見えるでござるが」

「いや、百聞は一見にしかずって言うだろう。自分で見た方が早い。スキル取って見てみるよ」

俺はメニューカーソルからスキル欄を呼び出し未取得スキルの夜目を選択する。


夜目Ⅰ。

夜間行動スキル。

夜に発生するマイナス補正をプラス補正に変える。

毎時間200のエネルギーを消費する。

取得に必要なマナ200。

獲得条件、24時間以上夜に行動する。

ランクアップ条件、168時間以上夜に行動する。


夜目Ⅰを取得し、洞窟から外を眺める。

ランクⅠなのでまだ暗くはあるが、周囲に輪郭や木々の類《たぐい》も見える様になった。

……確かにいる。

巨大な図体をした黒い金属の鎧《よろい》を身に纏《まと》ったリザードマンだ。手にはこれまた巨大なランスと盾を所持していて、間違っても三人で勝てるとは思えない。あれでは扇子の武器破壊でも難しいだろう。

それにしてもデカイな。ボスモンスターに恥じない容姿といえる。

「……あ！」

「どうしました？」

「……ここで長話しているのにボスが来ない理由が分かった。だから――」

俺は思いついた手段を二人に言って聞かせる。

「その様な手段が本当に可能なんですか？」

「多分できると思う。昔からゲームではありがちな手法だ」

「しかしターゲットはどうやって取るのでござる？」

「その辺にも心当たりがある」

このピンチ、もしかしたらチャンスに変えられるかもしれない。

†

俺は洞窟の入り口に立っていた。

手には釣竿《つりざお》。釣り針の部分に錘《おもり》を付けている。

「じゃあ行くぞ？」

最終確認を取り、二人が無言で頷《うなず》くのを確認した後、俺は釣竿を大きく振った。

フィッシングマスタリーⅣから来るコントロールから錘の付いた糸はリザードマンダークナイトにコツンと命中する。

単純ダメージで言えば1か2か。少なくとも、まともな攻撃とは言えない。

しかしターゲットを取る分には十分な効果を発揮する。

「来るぞ！　全員、もしもに備えろ！」

リザードマンダークナイトは俺の攻撃を受けるや否や、疾風の様な速度で俺達の方向へ駆け抜けてくる。

普通に相手すれば出会った瞬間ズバっとやられる所だが……。

大きな爆音と共にリザードマンダークナイトは洞窟の入り口にぶつかった。

そう、リザードマンダークナイトは洞窟の全長よりも大きい。

昔から多くのゲームでモンスターを設置モニュメントに引っかけるという手段が存在する。ありがちで簡単レベル上げなんかで使われる事が多い。オンラインゲームでは修正の対象だったりする、そんな手法だ。

しかし幸いにも、この手段は現状のディメンションウェーブで適応する。当然、失敗する可能性もあったが、三人で相談した結果試すだけは試そう、という事になった。

運営に見つかったら修正されたり、俺たちが罰せられるかもしれないが、出来る手を使っているのだから今は文句を言われない。

「後は全員で死ぬまで殴り続けるぞ！」

「分かりました！」

「了解でござる！」

後は単純作業だ。

自分達の所持している武器とスキルをフルに活用してハメた敵を攻撃し続けるだけ。

俺は勇魚ノ太刀を取り出し、洞窟に引っかかっているリザードマンダークナイトに切り掛かる。

ガンッ！　という鈍い音が響き、生憎《あいにく》とダメージは少なそうだ。

遠目だったので分からなかったが鎧《よろい》以外の箇所は鱗《うろこ》で覆われていて防御力は相当高い。

横に視線を向けると硝子が突きや打撃を繰り返している。

そして闇影は巻物の形をした魔法系スキル用武器の一つ、魔導書を口元に当てて魔法を詠唱している。数秒後、黒いエフェクトと共に緑色の粒子がリザードマンダークナイトから闇影に吸い込まれていった。これが闇魔法のドレインというやつだろう。

尚、俺と硝子は攻撃スキルを使用しない。

ＨＰがどれ位あるのか分からないボスモンスター相手にエネルギーを消耗するスキルを、それもこんな状況で使うのは時間稼ぎ以外の効果を期待できないからだ。

「それにしても硬いな。普通に戦って本当に勝てるのか？　こいつ」

「ええ、前のパーティーで何度か……」

手を止めずにともかく攻撃しながら会話をする。

「噂に聞いた程度でござるが、複数の盾役が抑えながら、遠距離から光魔法で攻撃するそうでござる」

「私が弾いていましたね。最初は撤退せざるを得ない程、攻撃が苛烈でした」

「なるほど、外見通り物理防御が高いのか」

おそらく、俺達とリザードマンダークナイトの相性は最悪だ。

まず攻撃力の低い解体武器と扇子、そして相手と同じ闇属性の魔法、ドレイン。

こんな裏技でも使わなければ勝率ゼロだ。何せ俺の攻撃なんかカンとか嫌な音を立ててやがる。これでも俺が持っている最強の武器なんだぞ。

ちなみにこの手の金属などを持つ物理防御系モンスターは斧や鈍器などがダメージをよく通すらしい。

「ともかく、敵に変な動きが無ければこのまま殴り続けるぞ」

「はい！」

「了解でござる！」

千里の道も一歩から、俺達は無限に続く一方的な攻撃を繰り返した。

†

――三十分経過。


「ま、まだ倒れない。どんだけＨＰあるんだ、こいつは……」

近付き過ぎると攻撃が飛んでくるので、ギリギリの距離で攻撃を繰り返す。

特に硝子は扇子の射程が短いので偶《たま》に防御して受け流している。

しかもＡＩの関係か離脱しようとしてくる。このあたりが運営の設置した対策だったんだろう。そういう面を含めてもＡＩの頭は良くなさそうだな。

無論、その都度釣竿《つりざお》を使って攻撃範囲内に呼び戻しているが。

「ここが賑《にぎ》わっていた頃はいろんな方々が攻撃に参加してくださってどうにか倒せましたが、治癒能力でもあるのでしょうか？」

「否、自分達の攻撃力が低いだけでござろう」

まあそうなんだろうけどさ。自分で言うか普通。

既に無限とも言える量の攻撃を三人で繰り返していた。その為、攻撃箇所の鎧《よろい》は壊れ、鱗《うろこ》も割れている。そこを重点的に攻撃する事で俺の武器もカンという音からズバという音に変わった。なので最初よりはダメージを与えていると思う。

だが、ボスとは言え一匹のモンスターに一時間も掛けるのは精神的に厳しい。

「我が魂の糧となるでござる。ドレイン！」

この三十分休みなしにドレインを使い続けた闇影はエネルギー量が硝子を超えた。

つまり2万7000程ある。それだけリザードマンダークナイトはＨＰが高い。

「おおおお？」

闇影のドレインが発動して既に見慣れた緑色の吸収エフェクトが発生した直後、リザードマンダークナイトがさっきまでと違う動きを見せた。

大きな、とても耳に響く咆哮《ほうこう》を上げ『ズーン……』という音と共に倒れる。

洞窟に何度もぶつかって地響きを立てる事も無い。

「殺ったでござるか？」

「おまっ！　それ死亡フラグだぞ」

「むむ、そうでござる。自分には里に残した妹が……まだ死にたくないでござるー！」

……やべぇ。俺、こいつのこのノリ好きだわ。

「何をやっているんですか……もう。このような勝ち方は貴重な経験ですね」

硝子の冷たいジト目を受けながら倒したか確認する。

この手のボスは死んだふりを使う事もある。注意を払って近付いた。

「死んだふりかもしれぬ故、気を付けるでござるよ」

「おう」

「いえ、それは無いのでは？」

「なんでだ？」

「曲りなりにも騎士を名乗っているのですから、その様な卑劣な行いをするとは思えません」

ふむ、一理あるな。死んだふりをするボスは大抵悪魔系や蛮族みたいのが多いと思う。まあリザードマン自体が蛮族みたいな気もするが、一応こいつもナイトなのだろう。そこら辺の礼節は守っているのかもしれない。

実際は礼節を守って正々堂々挑んできたリザードマンダークナイトを卑劣な手を使って罠《わな》にはめたのは俺達なのだが、そこはあえて無視する。

「ドロップ品は……闇ノ破片と闇槍欠片《しんそうかけら》でござる」

「高額で取引されている素材ですね。運が良いです」

金には困っていないが高値で売れるらしい。あって困るものでもないし、いいか。

尚、闇影の話では両手槍の材料だそうだ。

闇属性付与が付くので槍《やり》スキル取得者は手に入れたい一品らしい。

「しかし、さすがは解体武器でござる。噂と同じくアイテムが出るのでござるな」

さて、ここからが本題なのだが、どうするか。

硝子の方は『どうしましょう？』という顔で見つめてくる。

正直言えば解体したい。というかこんなボスモンスターを解体する機会などそう無いだろう。おそらく、解体で手に入ったアイテムは武器防具として相当活用できるはずだ。

隠し続けるメリットと、ボスモンスターの解体アイテムを心の秤《てんびん》に掛ける。

「一緒にボスを倒した仲だし、教えるか……ボスドロップに勝るものなし」

「絆さんがよろしいのでしたら、それが最善かと」

「むむ？　どういう意味でござるか？」

「まあ見ていろ。高速解体……」

俺はスキルを唱えると、倒れている大きなリザードマンダークナイトを勇魚ノ太刀で解体する。壊れている鎧《よろい》や割れている鱗《うろこ》は無理だが、鱗、骨、肉、牙、瞳、皮、尻尾、血などに解体できる。

しかし、戦闘で破壊した箇所は解体できないんだな……某狩猟ゲームとは真逆だ。

破壊した部位はアイテムにならない。普通に割れている鱗を使用できないよな。

「なんと……」

闇影が驚きの声を上げる。

ボスモンスターだからか解体で手に入る量が巨大ニシンと同じ位多かった。

きっと巨大ニシンは釣りのボスなのだろう。

「これは一体どういう事なのでござる？　アイテムが増える？　解体武器はドロップ品が

増えるのではなかったでござるか？」

「あれは武器解説の説明不足です。真実の力は解体武器を化け物に使う事で道具が手に入るのです」

「自分、この世界でここまで驚いたのは初めてでござる！」

余程驚いているのか、あるいは演技過剰なのか、闇影は興奮気味な言葉を吐く。

まあ世間に公表されたとしても、これ等のボス解体アイテムを早めに売ったなら十分稼げるさ。

「では、自分はこの事実を秘匿すれば良いのでござるな？」

お？　物分かりが良いな。

「見た所、絆殿も函庭殿もそれを秘匿しているご様子。命を救ってもらったという恩を返す為、自分は墓場まで持っていく所存でござる」

「ま、まあそうしてくれるなら嬉しいが……」

そういえばこいつは俺達を殺しかけたんだった。本人は反省しているみたいだがな。

実際隠してくれるというのなら問題ない。

「それでものは相談なのでござるが」

「なんだ？」

「自分をパーティーに加えてはもらえぬでござるか？」

「……理由は？」

「自分、これまで一人でやってきたのでござる」

「そうなんですか？」

不思議そうに話を聞いている硝子。

そりゃ、あんな特殊なスキル構成だったらパーティーに入れないだろうよ。

思わず突っ込みたい衝動をグッと堪えながら話を聞く。

「己で口にするのは憚《はばか》られるでござるが、自分、コミュニケーション障害なのでござる」

「…………？」

……なんだって？

残念ながら、とてもそうは見えない。

少々ロールプレイがきついので嫌いな人は嫌いだと思う。だが、そういうプレイが好きな人も沢山いる。少なくとも俺が出会ったアルトやロミナなどは問題なかった。

「今まで幾度とパーティーに入ろうかと考えたでござるが、結局話しかけられなかったのでござる」

「それは……大変でしたね」

なんか硝子が丸め込まれ始めている。

言ってはアレだが、その頭では現実で詐欺に遭いそうだぞ。

「質問して良いか？」

「どうぞでござる」

「コミュ障害な割に俺達と普通に話しているが、そこはどうなんだ？」

「忍者言葉を話す事でどうにか話せているのでござる」

どんな理屈だ。もう少し上手い言い訳をしてくれ。

「内心では今ですらビクビクなのでござる」

「まあ！　絆さん、彼女と共に参りましょう。私達は魂人同士なのですから！」

ま、まあパーティーを組むのはこの際良いが……ん？

「今なんて言った？」

「私達は魂人同士なのですから！」

「その前だ」

「彼女と共に参りましょう、ですか？」

「そうだ、それだ。彼女？」

全身黒装束で、忍者みたいな格好をしている。なのでいまいち外見が分からない。

口元も黒い布地で覆われているので声も判断し辛いし、どうなんだ？

「人前で素顔を出すのは恥ずかしいでござるが、共に戦うかもしれぬ身。自分の顔を見て欲しいでござる」

そう言って頭まですっぽりと覆っていた布地を取ると——銀髪美少女がそこにいた。

†

結局硝子の勧めで闇影はパーティーに加わる事になった。

「これから自分の事はダークシャドウと呼ぶでござる」

常闇ノ森から第二都市に帰還して第一声、闇影がそんな事を言い出した。

「はぁ？」

で、こいつは一体何を言っているんだ？　かなりテンションが高い。

これもハイテンションがなせる技。典型的な厨二病を発揮しているに違いない。

「分かりました、ダークシャドウさん」

俺は真顔でそう返した硝子へと視線を向ける。

なんていうか硝子って冗談とか通じなさそうだ。

「分かったよ、ダークシャドウ。これから頼むぞ、ダークシャドウ」

「……」

「どうした、ダークシャドウ。何故黙っているんだ、ダークシャドウ。返事をしてくれ、ダークシャドウ。何か気に障ったのか、ダークシャドウ」

まくし立てる様に連呼すると闇影は慌てて訂正する。

「じょ、冗談でござるよ。普通に呼んでくだされ」

「そうか、じゃあこれからは闇影、または闇子と呼ぶ事にするよ」

「では、私も闇子さんで」

「子はどこから出てきたのでござる⁉」

そんなのお前が女キャラクターだったというギャップからだよ、とは言わない。

全身黒装束に靡《なび》く銀色の髪。なんていうか、普通にかっこいいじゃないか。

しかも物理的な忍者ではなく、忍法を意識したジャパニメーション忍び。だってばよ！

路線で少々イロモノ感はあるが、俺は好きだぞ。

「嫌みたいですし闇影さんと呼びますね」

「そういや、さっきは言わなかったけど、パーティー組むにしても毎時間マイナス３００
０を補う程の狩りを期待するなよ？　俺は解体武器だし、硝子は扇子なんだから」

「問題ないでござる。既にドレインのランクは下げたでござる」

「おい、自分のアイデンティティ失ってるぞ」

「もちろん自分はこれからもドレイン一筋で行くでござる。しかし、主君である絆殿に仕
える身としては絆殿の役に立てる身になるでござるよ」

「なんだって？」

なんか突然、主君だのなんだの言われたんだが。ていうか、こいつがコミュニケーション障害なの、なんとなく分かるわ。

自分の中でしか分からない話を突然言い出す。それを察する方としては少々厳しいが、一度パーティーを組むと言った以上、問題が無ければ一緒にいる事になる。

「そういえば、俺達って臨時パーティーに近い感じだったはずだけど、この流れは固定パーティーで行くって事でOKなのか？」

「絆さんがよろしければ私、函庭硝子はこれからも共に参りたいと考えています」

硝子は俺達と一緒に行動したい方針ね。

「どうでしょうか？　私達三人は皆、魂人です。少々の問題でしたら他種族の方より、よろしいと思うのですが」

「自分は絆殿と函庭殿に救われた身、お二方の影となるのが使命と心得ているでござる」

二人して似た様な話を、小難しい言い方でまくし立ててくる。

「なぁ。俺が空気読めないだけなのかもしれないが、お前等って知り合いだったりしないか？　最初から仕組まれていた様に見えるのは俺だけかな？」

ほんの一日でスピリットが二人もパーティーに加わった。

どちらも何故か個性的なロールプレイとスキル構成。

いや、俺がまるで違うとは言わないが、これからやっていくのに一抹の不安が残る。

もちろん『良い意味』での不安だが。

「絆さんの言葉通り、仕組まれていた様に魂人の私達が集まりましたものね。まるで運命に呼ばれる様でした」

いや、運命って……ちょっと恥ずかしいぞ。

まあパーティーメンバー全員がスピリットなのは気が合いそうだとは思うけどさ。

「全体人口では少ないでござるが、絶滅危惧種という程でもござらんよ」

「へぇ」

「自分は今までドレインを繰り返す日々を送っていたでござる。故に各地を転々としていたでござるが狩り場で同胞を何度も目撃しているでござる」

「そうなんですか？　私の周りではあまりお見かけしなかったので、てっきりとても少ない種族なのかと考えていました」

全ての人がネットの裏情報に詳しいとは限らない。

その中からスピリットを選んでしまった奴等がいたとしても不思議は無い。

中には弱い種族だからと選ぶ奴だっている。それにスピリットの、この幽霊的な半透明感をかっこいいと思う奴は少なからずいると思う。無論、能力だけで物事を語る奴も世の中には沢山いるが。

しかし闇影の近くで偶《たま》に見かけて、前線組の硝子の所では見かけないと聞くだけで、なんとなくスピリットの世間的状況が分かるな。

ちなみに俺が昨日までいた第一都市の海沿いでは極々稀《まれ》に見かける程度だ。

「まあスピリット同士気兼ねなく付き合えるから良しとして、これからどうする？」

「これからとは？」

「う～ん、この後寝るか続けるかって意味で聞いたんだが」

既に夜は晩《おそ》い。第二都市は個人間で持ち寄った明かりが灯され、夜景を映している。しかし一般的な就寝時間と言えば大多数が頷《うなず》く零時を回っていた。

「私としては、どちらでもかまいませんよ。早寝早起きと言いますし明日がんばるのも良いと思います。後者の方は私個人では以前と同じ程度の強さには戻したいですね」

「自分は今まで夜間に行動していたので五時位までは問題ないでござる。行動指針の方は特に要望はござらぬので絆殿にお任せするでござる」

そういう意見が一番困るんだよな。というか、何故俺が決める事になっている。

他のオンラインゲームではギルドマスターとかやった事あるけど、それもギルドスキル目当ての弱小ギルドだし。

まあ俺も目的とかある訳じゃないし、硝子の目標に重点を置きつつ行動する感じか。

「ちなみに硝子、前はエネルギーどんなもんだったんだ？」

「５万程でしょうか」

「す、凄《すご》いでござる！」

「これでも硝子は元々前線組だったらしいぜ」

「なるほど、函庭殿は我等が師でござったか」

「そ、そんな、師と呼ばれる程の実力ではありませんよ」

いや、プレイヤースキル的に十分だと思うぞ。

洞窟にハメていたとはいえ、時折飛んでくる、当たったらただでは済まない攻撃をしっかりと受け流していたからな。あれはきっと普通に戦っても防いでいたはずだ。

そもそも潜伏スキルで隠れていた闇影を当然の様に見つけたとか。

もちろんステータス的に勝利に持っていけたかは別だ。仲間としての贔屓《ひいき》も入っているが硝子のプレイヤースキルが高いのは今更口にするまでもない。

「じゃあ狩り場とか硝子は知っているだろうし、三人で行ける場所を選んで進むって感じでどうだ？」

「異論はございません。私の意見を汲み取っていただいてありがとうございます」

「自分も問題ないでござる。むしろ沢山の魂を早く吸収したいでござる」

「それじゃあ決まりだな」

ともあれ、ここに俺達三人のスピリットパーティーが結成した。

どうでも良い補足だが、この後俺秘蔵の最高級ニシン食材を使った飯を三人で食った。

八話　効率が良くて、金が稼げて、人がいない場所

パーティー結成式という事で最高級ニシンやクロマグロを振る舞ったらテンションが上がり過ぎて全員愚痴大会となり、結局酒に酔った訳でもないのに見事に爆睡してしまった。

「で、これはどういう事だ？」

昨日の事を思い出す。

調理した最高級ニシンを俺達は川原で硝子の提灯片手に啄《つい》ばみつつ雑談をした。

『魂人だからなんだっていうんですか』に始まり『コミュ障害で悪いでござるか！　自分は誰にも迷惑を掛けていないでござる』だとか奏姉さんと紡に強制されたネカマプレイへの愚痴を吐きつつも親睦を深めた。それは良い。そこまでは覚えている。

だが、これはなんだ？

「う……ん……」

「……自分……ほん……は……ござ……なん……言わ……い……」

俺の瞳に映し出されるは浴衣の硝子と下着以外素裸の闇影。

そしてもちろん俺も下着以外素裸だ。

「え？　昨日何があった？」

このゲームは全年齢だ。ゲームの仕様上酒類は未成年に制限されている。なので酔った勢いで過ちを犯すなんて事はないはずだ。無論、いやらしい事だってシステム上再現されていない。最近噂の十八禁ゲームではＶＲ機材を使ってヒロインとのエロ再現、なんて話を聞いた事があるが、そういうゲームじゃないから、このゲーム。

「えっと今何時だ？」

窓から差す陽光。少なくとも朝日ではない。

カーソルメニューを開くと時刻は13：24。思いっきり真っ昼間です。パーティーを組んだ翌日に寝坊とかどんだけ自堕落なんだ、俺達は。

「おい、起きろ！　硝子、闇影！」

そう大きな声で叫ぶと硝子の方が眠そうな眼で体を起こす。

格好を見る限り一人だけ寝巻きを着けている。おそらくは眠った俺達を運んでくれたのではないだろうか。

「おはようございましゅ。絆しゃん……」

「まだ半分眠ってるな……」

前々から思っていたが宿屋のベッドが性能高過ぎる。少なくとも四、五時間は眠ってし

まう。多分ゲームのやり過ぎに対する不眠対策としての処置なんだろうけど。

いや、今はそんな事を考えている場合じゃない。

「硝子、昨日何があった？」

「みなしゃん、眠そうにしていらっしゃっらので、宿に向かったのりぇす」

「うんうん」

呂律が回っていないが、どうにか意味は聞き取れる。どうやら宿へは俺達三人自分の足で向かったみたいだ。

「あのじょうらいでは危なそうでしたのれ、皆で眠る為、大きなへやにしましら」

大体事情は把握した……しかし、しかしだ。

「なんで俺と闇影はほぼ全裸なんだ⁉」

「…………はっ！」

あ、完全に覚醒した。

硝子は周囲をキョロキョロと眺めると一度頷《うなず》き、こう言った。

「絆さん、おはようございます。素晴らしい朝ですね」

とても清々しい笑顔だ。

「もう昼だよ！」

†

真実は酷《ひど》く単純だった。

脱がしてくれたのは硝子で、そのままの格好で眠ってしまった俺達の衣類を思っての事だった様だ。

このゲームは衣服の皺《しわ》とか妙に再現されているからな。

酷い皺になると、結構残るんだ。

ちなみにクリーニングみたいな店があるので、お金を出せばどんな汚れでも落としてくれる。そんなに高い訳ではないので女性プレイヤーは結構使っているらしい。

「本当にすみません」

「いや、謝らなくて良い。むしろ感謝したいくらいだ」

「その通りでござる。システム的に安全な宿で休息を取らなければ、何かある可能性だってあったでござる。函庭殿には感謝の言葉しか出ないでござる」

そう口にする闇影は、目を覚ました直後酷く狼狽《ろうばい》していた。

なんでも他人に素肌を見せるのが恥ずかしかったとか。

しかも『み、みないで……』とか普通に言った。ござる言葉がロールプレイの一環なのは事実だろう。まあリアルでござる、なんていう奴見た事ないけどさ。

「だけどな、一応俺はリアルでは男なんだから気を付けろよ。この世界じゃ、そういうのが出来ないのは確かだが……こう、道徳的にな」

「そうですね。絆さんが女の子にしか見えなかったもので、失念していました」

確かに俺は女アバターだが……これは闇影もか、外見が及ぼすイメージはやはり強い。

俺が素肌を見ても、あまり気にしている様子が無い。

普通のＶＲ機よりもリアリティが高いディメンションウェーブは種族的特徴を省けば現実とほとんど変わらない。無論美男美女しかいないという現実との違いもあるが、どう見ても人に見えてしまう。

しょうがないとはいえ、二人は俺の、絆†エクシードとしての声と姿しか知らないからだろう。できれば気を付けて欲しいが……まあ俺の方が気を遣えばいいか。

「さて、寝坊した分も取り戻さないとな。今日はどこ行く？」

「その事なのですが……」

少々気不味《きまず》そうな表情で硝子は考えを話し始める。

「常闇ノ森は条件が私達にとても合っていました。ですが絆さんの『アレ』をこれからも隠し続けると仮定した場合、私の知っている場所では必ず誰かに見られてしまいます」

何か困った事があるのかと思ったら、よくよく考えればかなり当たり前な話だ。

本音で言えば無理に隠す必要は無いと考えている。

それでパーティー狩りが出来ないのでは本末転倒だ。

案として夜に行動する事にして常闇ノ森で狩るか？　というものが出たが、それも限界があるだろうし、一人二人ならエネルギー効率は良いが、三人となると他へ行った方が良い、というのが硝子の結論だ。

「この際、バレても良いんだからな？　無理に隠す程でもない」

「絆さんのお言葉も理解できます。ですが他者より秀でる要素を安易に手放してしまうのも、私はもったいないと思うんです」

「確かに、でござる」

まあそうなんだよな。これが普通のオンラインゲームなら攻略サイトで膨大な情報を確かめればいい。だが、ディメンションウェーブでは、鍛冶師《かじし》に作ってもらう武器の材料すら詳細に知っている人は稀《まれ》なんじゃないだろうか。

その中で解体武器が最弱武器で使う人が少なく人気が無い。その解体武器に偶然攻撃以外の使用用途があった。それだけの話だ。しかし硝子や闇影の言う通り、偶然見つけたこの金のなる木を不用意に公表してしまうのはもったいない気もする。

「要するに、エネルギー効率が良くて、金銭効率も良く、人がいない場所、か……」

「よく考えると凄《すご》い条件でござる！　高望みし過ぎでござるよ！」

「私達は少々我侭《わがまま》を言っているのかもしれませんね」

満場一致の贅沢な条件だ。結婚相手に年収数千万円を要求するのと同レベルの我侭《わがまま》と言える。もしもこんな狩り場があっても、必ず誰かいる。そうなると少しランクを落とす、なんて事を考えるが結局誰かに見られる可能性をゼロには出来ない。

そもそもが無理な話なのかもしれない。

MMORPGもサービスが始まれば、当然人気狩り場と過疎狩り場が生まれる。過疎狩り場は人が少ないけれど、誰も近付かないという事は普通に経験値効率が悪い。

「しかし誰もいない狩り場か……」

最初からそんな場所がある訳が……待て、あるじゃないか。

エネルギー効率は正直完全に把握した訳ではないので断言できないが、少なくとも常闇ノ森より強いモンスターが沢山生息している場所を俺は知っている。

だが、あそこは――

「絆殿？　どうしたでござる」

「何か名案が浮かびましたか？」

二人が期待の眼差しで見つめてくる。

昨日のリザードマンダークナイト戦の影響か、期待値が高いのが心苦しい。

「一つだけ、現状おそらく誰も近付かなくて、モンスターが常闇ノ森より強い場所を知っているんだが、正直おすすめできるとは断言できない」

「それはどの様な場所なのでござる？　行ってみなければ決断は出来ぬと思うでござる」

……俺は別にそこで良いと思っているんだが、硝子と闇影が気に入るか。

いや、まあどうせ三人で決めるんだし、案だけでも出すか。

「海だ」

「海、ですか？」

「ああ、以前木の船ってアイテムで、第一都市の海の沖まで行った事があるんだ。まだ総エネルギー量が少なかったというのもあるが、結構強いモンスターがいた。その時は逃げ帰って来たけど、三人ならもしかしたら……って思ってな」

「なるほど、確かに判断に悩みますね」

まずモンスターがどの程度生息しているのか、俺達三人で倒せるのか、安全をキープできるのか、思いつくだけでも知らない事が多過ぎる。

それでも一応条件はクリアしている。

船の上なので誰かに見られる確率は低い。モンスターも結構強く、狩り場として聞かない場所のモンスターなので素材の流通量は確実に少ない。仮に解体アイテムを大量に売却しても、そこのモンスターは沢山アイテムを落とす、という事にすればしばらくは狩れる。

「他にも問題があった」

「問題とはなんでござるか？」

「船が小さい」

俺が持っている木の船+3は精々三人が限界だ。しかも『乗るのが限界』だ。モンスターと戦う事を仮定した場合、身動き一つ取れない。

「その船はどこで手に入れたのですか?」

「ああ、第一都市の露店で自作した船を売っている奴がいて、4万セリンで買った」

「その方と連絡は取れるでしょうか?」

「といっても名前も知らない、露天商だからな……」

「船が製造物なのでござれば、製作者の銘が刻まれているのではござらぬか?」

「そうなのか?」

オンラインゲームでは製造職が作ったアイテムに名前が付く事は当たり前だ。

俺は木の船+3をアイテム欄から眺める。製作者の欄が確かにある。

『しぇりる』ひらがなだ。

重複しそうでしなさそうな、微妙な名前だ。きっとカタカナだと重複したのだろう。

「ちょっと連絡してみる」

一度断りを入れてからカーソルメニューにあるチャットの欄を選択。

しぇりる、とひらがなで入力してチャットを送った。都合が付けば良いが。

一応昼なので一週間前に昼間活動していた彼女が生活スタイルを変更していなければ繋《つな》

がると思う。仮に繋がらなくても夜にもう一度かければいい。

無論、三回チャットを送って全部拒否されたら連絡を受けるつもりが無いと諦めるか、あるいは直接会ってみるというのも手だろう。

アルトあたりに聞いてみれば、友好関係の広いアルトの事だ。知っているかもしれない。


――チャットにしぇりるさんが参加しました。


「あ、突然すいません。絆†エクシードという者ですが、一週間程前貴女の店で船を購入したんです」

「…………」

あれ？　反応が無い。ちゃんと繋がっているか？

いや、電話じゃないんだ。間違え電話みたいな事はそうそうないだろう。何より別段複雑な名前でもないのだから間違えようが無い。

「聞こえていますか？」

「……聞こえてる。船を買った人物に心当たりは一人しかいないから……あなたの事、覚えてる」

「それは良かった。それで、ご相談なのですが、先日買った船は二人乗り位のサイズでしたが、もっと大きな船は売っていませんか？」

「……ない」

「そ、そうですか……」

少し期待していたのだが、そう簡単に上手く行く訳ないか。

さて、そうなると次の案を考えないとな。

「お時間取らせてすいません。では――」

「だけど、材料さえあれば作れる」

「……材料、ですか」

「4万セリンをぽろっと出せる人なら材料も揃《そろ》えられるかもしれない」

なるほど。記憶が確かなら、4万セリンで材料と経費だったはず。

彼女の目的は不明だが船を進んで作っているのだから、材料費さえ出してくれるなら、製造スキル持ちとしては願ったり叶ったりと考えられる。

「……具体的な材料数は船の大きさによる。希望は？」

「…………」

「三人の人間が自由に動いて戦える位の大きさなのですが可能でしょうか？」

「えっと」

「……待って、計算してみる」

地味に無理な相談しているよな。

仮に今所持している船が3万5000セリン位で作られていたとして、この三倍……いや、四倍から五倍の大きさだったとすると17万セリン程になる計算だ。

正直、そこまでくると高過ぎる。所持金も相当オーバーしてしまう。

「……こっち来れる？」

「はい？」

「あなた、こっち来れる？」

「こっちとは第一都市ですか？」

「そう」

「行こうと思えば可能ですが、今は第二にいるので少し掛かるかと」

「そう」

「一度実際に会おうという事ですか？」

「……そう。できれば、三人と言ったもう二人も連れてきて欲しい」

一度硝子と闇影に視線を向けた後、少し考え。

「仲間内で相談した後で良いですか？」

「ええ」

「それなら、何時頃に行けば良いでしょうか」

「いつでも構わない。あの時と同じ場所で店を出してるから」

――しぇりるさんがチャットから離脱しました。

まだ分からないが少しは前進したのかもしれない。

「どうでした？」

「一応連絡は取れた。ただ……もしかしたら製作から手伝う事になるかもしれない」

「どういう事でござる？」

「まあそこら辺の出費は俺が出すから安心してくれ、重要なのはそっちじゃない」

「と、言いますと？」

「製作者に直接会う事になった。本人曰《いわ》く俺以外にも硝子や闇影に会いたいらしい。一応会うかどうかは本人しだいって事にしたけどな」

彼女も『できれば』と口にしたので、可能なメンバーだけで行くのが無難だろう。何より彼女にそんな強制力はない。まあ俺個人としては全員で行きたいが。

「それでは全員で参りましょうか」

「了解でござる」

「いいのか？」

「はい。行き詰まっていた状況ですし、絆さんだけに苦労を強いる訳には参りません」

「自分は絆殿と函庭殿の影でござる。影は常に後ろにいるものでござる」

喜べば良いんだろうが、最後のストーカー宣言についてはごめんこうむる。

ともかく俺達は徒歩で第一都市に向かう事にした。

仮に話が流れたとしても今日の所は多少効率が悪くても夜に常闇ノ森で狩る事になった。ケースバイケース、といった感じの流れだ。

†

「いた。あれだ」

俺達三人は第一都市にある、一週間前俺が船を買った広場に来ていた。

露店には俺が購入した船と同じ物が並んでいる。

くすんだブルーグレーの髪にマリンブルーの宝石が胸に付いた晶人の無表情な少女。

オーバーオールを着ているしぇりるは一週間前と同じく暇そうに空を眺めていた。

「あの方ですか？　女性の方だったんですね」

「絆殿は女子ばかりに目が行くのでござるな」

「……なんか俺、責められてないか？」

謎の追及に戸惑いつつ、露店の前に立つ。

するとしぇりるの視線が下がって俺を見つめた。

「ん」

……なんだ、そのセリフ……挨拶か何かなのかもしれないが、どうも掴《つか》み所がない。

「さっき連絡した絆だ。言われた通り仲間を連れてきた」

「そう」

「はじめまして、函庭硝子です」

「そう」

「自分は闇影でござる。何ならダークシャドウでも良いでござるよ」

二人としぇりるは各々に自己紹介を始めた。

しかし闇影さん。あんた、まだそのネタ使うのか。

「……闇子」

「くっ！」

グフ……咄嗟《とっさ》に口元を押さえる。

「な、何故その名称を知っているでござるか⁉」

「……別に？　じゃあヤミって呼ぶ」

このネタに持っていく発想は俺だけじゃなかった。

ともあれ商談だ。あまりにも突飛な値段を請求されれば船どころじゃないからな。

「それで、船作りの商談にどうして二人が必要だったんだ？」

「どうして船が必要なのか、知りたかったから」

「……？　船の必要性と人数は関係ないのではないですか？」

「そうでもない。一人で船は動かせないから」

確かに小船程度ならどうにか戦えるが、大きな船となるとそれも難しそうだ。

「聞きたい。どうして大きな船が必要なの？」

「単純に海の方が経験値がおいしそうだと思ったからだ」

「……そう」

しぇりるの無表情の中に若干気を落とした様な雰囲気を感じた。

パーティーとしての本音はここまでだが、俺個人としてはまだある。

「後、俺は船を使って海に行った事があるんだが、気になった……というのも強い」

「気になる？」

「ああ。船を作れるなら一度は海に出た事があるだろう？」

「ん」

「妄想と言われればソレまでだけど、俺はあの水平線の先に何かあると考えている。なんというのか、風が呼んでいる様な、そんな気がするんだ」

「……そう。わたしと同じ。あなたなら話しても、いい」

どういう事だ？　と顔で訴える。置いていかれている二人も似た様な表情だ。

しかし我関せずといった態度でしぇりるは口を開く。

若干だが無表情の中に決意の様なモノが見えたのは気のせいだろうか。

「自己調査になるけど、今海に注意を向けている人は少ない。皆、第三都市発見が目的で、無視されてる」

「そうなのでござるか？」

「言われてみれば、一週間位海にいたけど俺以外が船を使ってる所を見た事が無いな」

釣りに興じるプレイヤーが思ったよりも少ない。これはしっかりと金銭を稼げるようになってからとか考えるプレイヤーが多いからかもしれないな。

その影響もあってタイやビンナガマグロは高く売れた。

仮にしぇりるの話が事実なら沖の魚が高く売れたのにも納得が行く。

何よりも俺は空き缶商法で金があったが４万セリンといえば結構な額だ。解体スキルを持っていない釣りスキル持ちが稼ぐには少々酷だろう。

そして金を持っているであろう前線組は今、第三都市発見に尽力している。

自然と第一にある海なんて無視されていく、という事か。

普通のオンラインゲームならば無数のプレイヤーが思い思いに遊ぶので同じ様な事を考える人物が出てくるが、ディメンションウェーブはサーバー隔離型でプレイヤーの増減は無い。情報サイトなんて無いし、口コミが関の山だ。俺が見ていない所で気付いたプレイヤーもいるのだろうが、少なくとも見ていない。

そもそも第一都市のNPC料理店の良い所とかでタイやマグロの料理が買えたりする。

ワザワザ攻略を断念して釣りをする酔狂な趣味の奴は少ないいんだろう。

「そもそもこのゲームは一人で出来る限界がある。最初は泳いで沖に行ったけど、途中から流れが強くて進めなくなってる」

「まあ、MMOだしな」

なんでも一人で出来るなら他人が必要ないコンシューマーで十分だろう。

何よりも普通のオンラインゲームと違って、セカンドライフを謳《うた》っているこのゲームは一人で行動するのもありだとは思うが、やはり他人との交流にも重要な要素を割かれていると考えて何等不思議は無い。それに攻略掲示板が無いので、自分達で行動を起こさないと始まらない、というのもある。

色々と検証をするにはプレイヤー達の余裕が無いとも言える。いきなり釣りだけをする奴や海に出る奴が稀《まれ》だったって事だ。

「……だから海へ行こうと考える、強くてお金のある人、探してた」

「残念ながら、俺はそんなに強くない」

「そう」

「だが、硝子は元前線組だ。プレイヤースキルは相当だぞ」

「私、ですか？」

「おう、間違いなくこの中じゃ一番強い」

「そ、そうでもありませんよ。上には上がいます」

ほんのりと頬を染めて照れた表情を浮かべる硝子。下手に自分は強いという奴よりは何倍も強い。少なくとも俺はそう思っている。

ゲームでは昔から自称普通程信頼できない奴はいない。

良い意味でも、悪い意味でもな……対戦ゲームで痛い程経験している。

「わたしは海の向こうに行ってみたい。皆気付いてないけど、何かある、はず」

しぇりるは俺と同じ考えの奴だったのか。

いや、誰だってあの大海原を一度でも経験していれば、そう思うはずだ。

この先に何かあるって。

「小船だと途中で海流が強くなって進めない。材料さえあれば船は作れるけど、モンスターも多いし強いから死んじゃう。一人だと……限界。力を貸して欲しい」

……個人的には協力したい。いや、協力する。たとえ二人が反対しても協力しよう。

10万セリンは持っているので船を作成する分の足しにはなるだろう。

問題はあのモンスターを倒せる戦力だが、俺は半生産職なので難しい。

「絆さん！」

「な、なんだ？」

硝子がぐいっと俺の両手を掴《つか》んで見つめてきた。

これはどういう意味でしょうかね。

「協力しましょう！」

「……いいのか？」

「何を言うんですか。人様の役に立つ……とても素晴らしい事です」

函庭硝子。人情に厚い女である。まあ半分冗談にしても硝子が協力的で良かった。

「闇影さん、もちろん協力しますよね？」

「然様《さよう》でござる。面白いでござるよ！」

こいつ等妙に融通が利くよな。

硝子に至っては元前線組なのだから、もう少し効率に走ると思っていた。

「まあそういう感じだからさ。俺達はどうすれば良い？」

しぇりるに向き直り、意見を問う。

船を作れるのはしぇりるしかいないのだから、しぇりるに聞かなきゃ始まらない。

「いいの？」

「ああ、見ての通り三人ともスピリットだからな。はぐれ者が多いんだ」

「分かった。必要なのは――」

俺達三人に加えしぇりるも含めると最低四人が乗れる船が必要だ。

海流を越えるとなると当然大きな船は必須だろう。

船造りに必要な材料は。

トレントの木、５００個。丈夫な布、２００個。アイアンインゴット、20個。風斬石《かざきりいし》10個。

結構必要だな。俺の全財産を捻出しても足りるかどうか。アイアンインゴットは……粗悪品なら夜釣りで確保できるけど、さすがに船に使うのは憚《はばか》られる。

「しぇりるは何個か持っているのか？」

「その内木２００個、布１００個、風斬石10個は持ってる」

「半分位か……相場しだいでは揃《そろ》えられるかもな」

「……本当にお金持ち」

空き缶商法とマグロ商法によるあぶく銭だがな。

ともあれ相場を聞くのに最も適した人物が一人いる。

「待っていろ。少し顔が広い奴がいるから、そいつに安く仕入れられないか聞いてみる」

アルトなら空き缶商法の件もあるし、少し位融通してくれるだろう。

何より、あいつは自分が得になる話には乗る。こんな絶好の金稼ぎ、滅多にいない。

「では、私と闇影さんは比較的に入手が簡単なトレントを倒してきます」

「承知したでござる」

トレントがどの程度のモンスターかは知らないが、二人の反応からそこまで強くないのだろう。集めてくれるのは助かる。

「……わたしも手伝う」

「それじゃあ、パーティー入っとくか。そっちの方が便利だろう？」

「いいの？　わたし、レベル６」

レベルと言われてもよく分からない。

それにオンラインゲームはレベルとか関係なく好きな奴と一緒に組むもんだ。

少なくとも俺は効率より、そっちの方が楽しいと思う。

「レベルとか関係ないだろう。協力した方が何倍も早い。だよな？」

「もちろんです！」

「自分はドレインが出来るのなら、何等意見はござらぬ」

「……ありがと」

――しぇりるさんをパーティーに招待しました。

†

「……フルハープン」

銛《もり》の攻撃スキルがトレントに命中し、禍々《まがまが》しい表情を浮かべたままトレントは倒れた。

しぇりるの武器は銛。いわゆる海でスピアフィッシング的な戦闘に適した武器だ。一応槍《やり》に分類される武器らしいが、銛の様な形状の武器を使っていたら派生したらしい。

そしてしぇりるのレベルは俺達とパーティーを組んでから4上がり、10になっていた。

「トレントの木は……一応500個揃《そろ》ったか」

「粗悪品も含めていますから、もう少し必要ですけどね」

パーティー全員の考えが一致して、船に使う材料は可能な限り良い物にしようという事になった。なので俺達は材料が少々高額になっても高品質の品を選んでいる。

「一応布の方はアルト……知り合いに頼んでおいたけど、数が数だからな」

丈夫な布は裁縫スキルのアイテムだ。だから100個となると手間も費用も嵩《かさ》む。

それを100個売ってくれと言うと時間をくれるかな、と言われた。

断らないのが商人たるアルトの凄《すご》い所か。

「鉄の方は気を付けて選ばないとな。現状、粗悪品の方が圧倒的に多い」

「何か知っているのでござるか？」

空き缶が原材料だからな。鉄鉱石が見つかったらゴミ以外の何物でもない。

「別に……ともかく俺達で集められる材料は大体揃ったか？」

「……うん」

しぇりるが頷《うなず》く。

あれから丸々一日が経過している。

トレントの方は硝子を始め、俺ですら余裕に倒せた。お世辞にもあまりランクの高いモンスターとは言えない。ともあれ合計５００個ともなると戦闘数は多くなる。

何よりも現状、トレントの木を素材に使う製造スキルは今の所少ないので、露店でもあまり並んでいない。これはアルトからの情報だ。

杖とかに使えはするのだけど現状だと店売りの方が良い杖が多いそうだ。

しかも上位の木材があるので需要が減っているとか。

尚、しぇりるは今までの二週間、時間に余裕があればコツコツとトレント狩りをしていたらしい。使っている武器が相性の良い武器でもなければ、レベルも足りていないので一匹倒すのも時間が掛かっていたそうだが。

「ともかくあと何個か木を手に入れたら一度第一都市に帰ろうぜ」

「そう」

「思ってたんだが、その『そう』っていうのは口癖か？」

「そう」

「……わざとか?」

「別に……」

こんな感じだ。言葉足らずというか、話べタというか、闇影とは別の意味でコミュニケーション障害の気質がある。

一応話してみれば普通というか、趣旨は理解できるけど、その努力が必要というか。

まあプレイヤーのほとんどが第三都市を見つけようと躍起になっている時に海を目指そうなんて考えている奴だから少し変わっているのはしょうがないか。

いや……俺も類友だが。

「……なに?」

おっと、しぇりるを眺めていたのがバレた。俺は誤魔化す様に言い訳を口にする。

「なんでもない」

「そう」

「ともかく、あと少しだな」

「うん。絆、ありがと」

「俺だけの協力じゃないだろう? 皆のおかげだ。もちろんしぇりるもな」

「……そう」

なんだ? そのしらけた、みたいな『そう』は。

なんだかんだで、ああいうセリフは結構恥ずかしいんだぞ。

硝子と闇影は何か春の陽光の如《ごと》くニコニコこっちを見ているし、確実に俺をからかう環境が生まれつつある。そこだけは早急に改善したい。

アイテムが全て揃《そろ》ったのは二日後の事だった。

鉄は態々《わざわざ》ロミナから程度の良い物を購入し、丈夫な布はアルト以外からも第一、第二都市を駆け回って高品質の物を探し求めた。

そうした甲斐《かい》もあって全部の材料が揃ったが、俺の貯金はすっかり減っていた。

名前／絆†エクシード。種族／魂人
エネルギー／26430　マナ／4300　セリン／16040
スキル／エネルギー生産力Ⅷ　マナ生産力Ⅴ　フィッシングマスタリーⅣ
解体マスタリーⅢ
クレーバーⅠ　高速解体Ⅰ　夜目Ⅰ　元素変換Ⅰ　料理技能Ⅱ

習得条件を満たした未取得スキルで興味があるのは……エネルギー生産力Ⅸ、マナ生産力Ⅵ、フィッシングマスタリーⅤ、クレーバーⅡ、舵《かじ》マスタリーⅠ、船上戦闘Ⅰだな。

俺が第一都市と第二を都市を走り回っていた間、三人には狩りをしてもらった。

しぇりるのレベル上げもそうだが、海のモンスターは結構強い。

硝子や闇影の様な戦闘スキル型と違う製造スキル型とはいえ、海のモンスターに相性が良いしぇりるのレベルが上がるのは後々の事を考えても必須と言えたからだ。

それに解体武器の俺がいなければ、例のアレの条件が無くなる。

三人は珍しい構成の珍パーティーって風にしか見えない。

「……絆。それから皆も、これにサインして」

スキル構成に想いを馳せているとしぇりるが集まった材料を前に一枚の紙切れアイテムを俺達三人に向けてきた。

なんとなく詐欺の匂いを感じなくも無いが、現実とは違う。

「なんだ、これ？」

「複数所有権ですね」

「なんでござるか？　それは」

さすがは元前線組といった所か、硝子は詳しく知っていた。

複数所有権。

いわゆる高価な一つの道具に設定できる権利書の事、らしい。これに記入されているメンバーは均等に特定のアイテム、今回の場合『船』の所有権を得る事が出来る。

所有者以外がアイテム欄に収納できなくなるという便利システムといった所だ。

そして、この効果は船を何らかの理由で売却する場合、記入者全員の許可が必要となり、獲得した金銭も均等にシステムが分配する、現実の権利書みたいな物だ。

「へぇ～、こんなのもあるんだな」

まあ確かに高い金出し合って購入した品を持ち逃げされるのは不注意だとは思うが、むかつくからな。

そこら辺、ゲームの製作会社も解っているみたいだ。

もしかしたら似た様な問題があったのかもしれないな。

それは置いておくとして、無知そうな俺達三人に自分から言うって事はしぇりるの海への気持ちは本当なのだと思う。

なんていうか、胸が高鳴るな。これからどうなるかなんて分からないけど、この四人なら大海原でもやっていける気がしてきた。

「とりあえず俺から書くな」

受け取った紙の名前欄にはしぇりると書かれており、触れるとオートで絆†エクシードと記入されて、ＯＫの欄を押した。文字を自分で入力するのかと思っていたよ。

そして隣にいた硝子に渡し、硝子も記入後、闇影に渡して所有権は全員に行き渡る。

「じゃ、船、作り始める。出来上がったら連絡する。それまで自由にしてて」

そう言うとしぇりるは大量のアイテムを前にスキルを唱えて船製作に入った。

時間はそんなに掛からないと思うが、話によれば個人ホーム、要するに住居などの製作には数時間要したって話をアルトから聞いた。

四人の人間が自由に動ける規模の船という事は同じ理論が適応する可能性が高いので、自由時間という事なのだろう。

見ているだけというのは辛いが、船製作に必要なスキルを所持していない俺が近くにいても邪魔なだけだ。今はしぇりるを信じて我慢しよう。

「絆さん、闇影さん、これからどうしますか？」

「先日装備を新調したばかりでござるので、自分は特に用事は無いでござるよ」

「俺は船の製作工程を見てようかと」

「良いですね！　では、皆でしぇりるさんを応援しましょう」

邪魔にならない距離で製作工程に入ったしぇりるを凝視する俺達。

「………………」

相変わらず表情は無表情だが、一瞬しぇりるが微妙そうにこちらをチラリと見た。

いや……原因は俺だが、精神的に邪魔しているよな。普通に。ま、まあ仲間想いのパーティーという事で納得してくれると信じている。

ちょっと馴《な》れ馴れしいだけだから、うん。とりあえず俺は祈った。

俺達が邪魔した所為《せい》で船の出来に影響が出ません様に……。

九話　大海原へ

それから船が完成したのは三時間後だった。

いや、実際船を作ったらもっと掛かるんだろうが、そこはゲームなのだろう。

最初こそチラチラと俺達を気にしていたしぇりるだったが、すぐに集中力を発揮して船はみるみる形成されていき、やがて大型クルーザークラスの帆船が出来上がった。

結構な数の作製に必要なミニゲームをクリアして作り上げていると思われる。

材料の中でも結構な額がした丈夫な布は帆に使う為だったのか。

しかし帆船を実際には見た事なかったけど、結構迫力あるな。

今は海に浮かべていないので帆は閉じられているが、これが広がるともっと凄《すご》そうだ。

「やっぱ四人で動けるとなると結構大きいんだな」

「そう」

「お？　船の後ろの方に弓みたいの付いているけど、これはバリスタ？」

「そう」

「なんでも『そう』だけで片付けるのやめないか？」

「そう」

「…………」

まあいい、今日は俺達の船が完成した記念すべき日だ。無粋な事は言わないさ。

……今日だけはな。俺が黒い笑みを浮かべていると硝子がおろおろとしている。

どうやら俺がしぇりるに対して抱いている感情を読み取ってしまった様だ。

「さて、早速海に行くか?」

「……うん」

「自分は船が出来上がってから身体がソワソワしているでござる」

そうだろうな。身体全体が妙に揺れていて、興奮で飛び出して行きそうだ。

「いきなりで大丈夫でしょうか?」

硝子が未知への不安を洩《も》らす。

確かに俺達スピリットは安全を第一に動かなければいけない種族なので気持ちは分かる。

「……大丈夫」

「……しぇりるさん」

見つめ合う硝子としぇりる。

え? 何、そのちょっとフラグ立ちましたみたいな雰囲気。

「最初は近場で練習する」

「練習ですか？」

「そう」

「何の練習ですか？」

「そう」

「いえ、ですから」

「そう」

「えっと……」

なんか硝子が助けを求める表情でこっちを見てくる。

まあこの二人に百合フラグが立つ事はあり得ないよな。

性格的に……ともあれ間に入って仲介し、俺達は海へと向かった。

†

「じゃ、出す」

アイテム欄からしぇりるは帆船を取り出した。

あの四人が乗れる程巨大な船をどうやって収納したのか、とか考えてはいけない。この世界はゲーム。四次元的な効果で取り出したと思って納得した。

ザバーンッと小さな波を立てて海に浮かぶ俺達の帆船。

「そうだ……一応スキル取得しとくか」

誰に呟《つぶや》くでもなく、俺はメニューカーソルからスキル欄を選択。

ランクⅠを取得した瞬間、ランクⅡが出現したので、そのままⅡまで取得した。

マスタリー系と違って具体的な効果が書かれていないが、どうなのだろう。

多少損になるが、効果が微妙なら後々マナ半分を犠牲にしてスキルをランクダウンさせればいいか。


船上戦闘Ⅱ。

船上専用スキル。

船の上で発生するあらゆるマイナス補正を軽減し、プラス効果を付与する。

毎時間400エネルギーを消費する。

取得に必要なマナ600。

獲得条件、84時間以上船で行動する。

ランクアップ条件、168時間以上船で行動する。

「絆さん、行かないのですか？」

言われて周囲を見回すと既に闇影としぇりるが船の上にいた。

なんという早さだ。

「じゃあ、行くか」

「はい！」

大きな船なので、以前の物より安心感がある。俺はぴょんと飛んで船に飛び乗った。

「うん。行けそうだな」

結構力を入れたつもりだが、ビクともしていない。これなら硝子と闇影がいれば怖くないはずだ。

ん？　いつになっても船に乗らない硝子に気が付いた。

というよりも船の前で気不味《きまず》そうな、心配そうな表情を浮かべている。

「どうした？」

「えっと……お恥ずかしながら、ちょっと怖くて」

あ〜確かに、船って独特の緊張感があるよな。

揺れとかもあるし、浮遊感みたいなのもあって怖い気持ちは理解できる。

「大丈夫だ。海なら多少経験がある。慣れるまで、俺が支えるからさ」

硝子は、はにかんだ笑みを浮かべて俺の手を握り、俺は引っ張って船に乗せた。

な。

「……？」

「それ、勘違いされるから、あんまり言うなよ？」

「そ、そうですね。絆さんとなら、安心できそうです」

「な、大丈夫だろう？」

一瞬ドキっと来たじゃないか。硝子って時々こういう無防備な事言うから怖いんだよ

これで本人に自覚があったら問題あるんだが、反応からして気付いてなさそうだし。

そんな気分を誤魔化す為に闇影達の方を向くと……。

「タイタニックでござるー！」

「……そう」

闇影が船の先端で両手を広げていた。

なにやってんだよ……しぇりるが微妙な顔をしているじゃないか。

「そういう縁起でもない事するなよ。沈んだらお前の所為《せい》だからな！」

「ふふっ」

闇影に注意していると背後から小さな笑い声がした。

振り返ると硝子が笑みを浮かべている。今までに見た事の無い、楽しそうな笑みだ。

「硝子、笑い事じゃないぞ」

「す、すみません。つい」

「つい？」

「いえ、皆さんと一緒にいると楽しい、と思いまして」

「……そうか」

楽しい、か……ＭＭＯの醍醐味《だいごみ》は見ず知らずの誰かと一緒にゲームをする事だからな。

「私は今までずっと、強くなる事に固執していましたが、絆さん達とこういう風にしている方が合っているのかもしれません」

「そう言われると照れるな」

硝子の効率から見たら、俺達は相当アレだと思う。でも、誰も見た事が無い海へ向かうと考えると心が躍る。

この感情を共有できた事がちょっと……いや、かなり嬉しかった。

「だけどな、硝子。俺はネタプレイに生きると決めた訳じゃないんだからな」

「分かっています」

海へ行くのはエネルギー獲得量も兼ねているし、海の向こう側に可能性を見出しているからでもある。出来れば硝子がエネルギーを失った事で前線から離脱したのを少しでも補えれば、とも考えている。

無論、絶対に何かあるとは思っていないが、可能ならば硝子が一度夢見た前線復帰の手伝いもしたい。今はまだ、足を引っ張っているが、四人で何か出来れば良いな。

「じゃあ、出航と行くか！」

「はい！」

「お？　なんかスゲー事やってんな。おーい！」

あ、らるくが船で出る俺達を見つけて手を振っている。

「あんな事も出来るのかー！　土産話をしてくれよなー！　絆の嬢ちゃーん！」

ああ、行ってくるよ。お前もがんばれよー！　って俺も手を振り返したのだった。

――こうして俺達は大海原へ旅立った。

十話　小さな失敗、大きな経験

「やっぱ帆船は違うな！」

俺達四人の船が出港した際の言葉はこんなものだった。

手漕《てこ》ぎボートは性能上、沖に行くのに時間も労力も掛かった。その点帆船は違う。おそらくしぇりるは舵《かじ》スキルを取得しているのだろう。

しぇりるが船を動かして俺達は海を眺めるという、ある種旅行気分だ。

「天気も良いですし、海というのは気持ちの良いものなんですね」

日によってまちまちだが今日は天気が良い。

曇りの日や雨の日まであるので出港式としては幸運に恵まれた。

硝子の評価も上々だし始発点は上手く行ったと見て良いと思う。

「しぇりるはモンスターの分布知っているのか？」

俺も多少船であっちこっち探索した経験こそあるが、具体的な分布は知らない。

マグロが取れる位置は覚えているので必要が無かったとも言える。

「ん。弱いのから順に、試してみる」

帆を調整しながら言った。結構大変そうだな。

以前船を動かす奴が必要といったが、確かに一人は舵《かじ》を取る奴が必要だな。

「じゃあ俺は金稼ぎに釣りでもしてるから、敵は硝子と闇影に任せるぞ」

「分かりました」

「承知でござる」

モンスターが多数やってきたら俺も援護するが、一匹や二匹なら二人で十分だろう。

若干約一名がエセ忍者っぽいポーズで『にんにん』言っている所に一抹の不安が残るが

……それよりも船の所持者が少ない現在、マグロやタイをNPC店より安く売れば金になる。帆船製作で失った金を少しでも増やすには丁度良い。

そういう訳で俺は釣竿《つりざお》——船の材料集めのついでに作ってもらった『人面樹の竿』を取り出した。

トレントの木が材料なのは言うまでもないが、比較的良い物を使ったので＋1。

これで竿の性能もランクアップだぜ。

最近は釣りよりも戦闘や商談が多かったので、なんか久々に感じる。船が海を切り裂いて進むので今までとは違う感覚を伴ってこそいるが、やっぱ釣りだよな。

「釣れますか？」

「どうだろうな。釣れる時もあれば、釣れない時もあるからな」

現実よりは釣れるけどな。という補足も踏まえて護衛兼最高戦力の硝子と話す。

「しかし絆さんとしぇりるさんが仰っていましたが、海は随分と広いんですね」

「まあ海だしな」

「いえ、そうではなく、絆さん達の言葉を疑う訳ではありませんが、先が見えないというか、どこまで続いているのか不透明に思えます」

「……まあな」

水平線を遠い目で眺める硝子に深く同意できる。どこまで続いているのか分からない。それはある意味、不安でもある。

先に進めば進む程モンスターが強くなるというのもそれに拍車を掛ける。

大昔のＲＰＧは船を手に入れると自由度が広がった。しかし誤った道へ舵《かじ》を取れば凶悪なモンスターが沢山沸いて全滅、なんて事もあったが……まさかな。

そんな時は逃げれば良い。手漕《てこ》ぎボートで逃げ切れたんだ。帆船としぇりるの腕があれば適性の場所で戦える、はず。

「……敵、臨戦態勢」

これからの不安にそわそわしているとしぇりるが突然そう言った。

俺は釣竿片手に周囲を見回すと東北の方向から黒い影、以前俺が戦ったキラーウイングがこちらに向かって急接近している。

「自分の出番でござるな！」

ドヤ顔で言い放つ闇影。頼りになりそうな気もするが、お調子者な所に不安が残る。

「行きます！　充填……」

扇子を構えて硝子はいつもの鬼神染みた気迫と共にキラーウイングへ対峙《たいじ》した。

前衛が硝子で闇影が後衛。たかが一匹相手に遅れは取らないだろう。俺は攻撃を受けない様に気を付けて立ち回れば良いか。

そうこう考えている間にキラーウイングは攻撃の届く距離まで接近していた。

硝子は扇子をキラーウイングに向け、闇影はドレインを詠唱する。

「──！」

一呼吸置くと硝子はキラーウイングの攻撃を避けながら扇子を薙《な》いで当てる。

いつも通りの硝子に清々しさすら感じていると……何か変だ。

薙ぎが命中してキラーウイングの体勢が崩れた、までは良い。未《いま》だキラーウイングは健在だが連続での攻撃、更には闇影のドレインが次に控えている。

だが力のこもった薙ぎを当てた硝子は自身の遠心力に囚われて船の外側へ──

「って落ちるぞ！」

パシっと空を切っていた扇子を持っていない方の手を間一髪に掴《つか》む。

硝子の不安そうな表情は俺が掴んだと見るや安堵《あんど》の色に変わった。

「大丈夫か？」

「は、はい！」

一瞬呆気《あっけ》に取られていたがすぐに頷《うなず》くと硝子は体勢を立て直す。

「どうしたんだ？」

「いえ、足が……」

足？　あれか、地上と船の上では感覚が違うって事か。まだ断言は出来ないが俺は船上戦闘スキルを取得している。だから補正が付いていると考えれば、硝子が本領を発揮できない理由も頷ける。

ん？　何か大きな物が海に落ちる音が響いた。

若干ブクブクと泡の様な音も聞こえてキョロキョロと周囲を急いで探す。

闇影がいない！

「……ヤミが落ちた」

しぇりるの淡々とした言葉が耳に入り、焦りは高まる。

俺達の中で戦闘メンバーが事実上壊滅状態。

「……助けてくる。絆と硝子は敵と船をお願い」

「分かった！」

俺が頷くとしぇりるは海へ飛び込んだ。そういえば船を作る前は泳いでいたとか話していた記憶がある。

多分水泳スキルでもあるのだろう。

そんな事よりも今は思考をキラーウイングに集中させる。

「船の戦いは陸とは違うっぽいな。慣れるまでは俺が援護する」

「分かりました」

「船から落ちない様に助けるから」

硝子が頷《うなず》くのを見て、俺はアイアンガラスキを握る。キラーウイングは鳥系、相性は良い。更に言えば、そこまで強い敵でもない。

ここで立ち止まってしまえば、この海を越えるなんて夢のまた夢だ。

「よっと!」

キラーウイングの攻撃をステップで避ける。船が広いので殴り合いは避けられた。

「今だ!」

「乱舞一ノ型・連撃!」

既にある程度チャージが完了していた扇子から攻撃スキルが発動する。

横からキラーウイングの胴へ命中。ついでに俺も便乗して攻撃しておいた。

その甲斐《かい》もあって元々そんなに強いモンスターという事でもないが、鳥系が打撃に弱い事、硝子の装備や能力、蓄積ダメージなどの関係も相まって倒れた。

「だが、これは……」

「残念ながらマイナスですね……」

パーティーを組んでいるので経験値は３００を四人で均等。パーティー補正を含めてもスキルを使った時点でマイナスといえる。

闇影に至っては海への落下でダメージを受けているからな。

「対策が必要だな……」

補足だが、竿《さお》が引かれていたので釣っておいた。ニシンだった。

†

「ううっ……酷《ひど》い目に遭ったでござる……」

水浸しになった闇影が言った。

あれから数分も経たない内にしぇりるが救出に成功して、今さっき引き上げた所だ。

それにしても、まさかこんな事になるとは想像もしてなかった。

三国志か何かで陸地と海戦ではまるで違うという話をマンガで読んだが、ここまで違うとは。三国志の場合、赤壁は河だが、似た様なものだろう。史実は知らないが圧倒的な数で上回っていた魏に策略を使ったとはいえ呉が勝利するんだったたか。

なるほど……仮に船を自作して沖に向かったプレイヤーがいても、この障害を乗り越えるのは中々に面倒だ。それなら陸を捜索した方が少ない労力で稼げる。

船も高いしな。そう考えると船での戦闘は船上戦闘スキルが必要になりそうだ。

「……そういえば練習とか言っていた覚えが」

出航前、硝子に向かってしぇりるが近場で練習すると言っていたのを思い出す。

しぇりるさん、まさか分かっていたのか？

気付かれない様に視線を向ける。

するとしぇりるは相変わらず感情の読めない表情をしていた。

「しぇりるは船上戦闘スキルどれくらいだ？」

「熟練度１２４でレベル３。絆は？」

「レベル……は分からないが、ランクⅡだ」

スピリットは種族柄、他の種族とは違うという事なのだろう。

正直、熟練度だのレベルだの言われてもいまいち分からない。

憶測だがレベル3はスピリットでいうランクⅢの事を指すのではなかろうか。俺達スピリットは船の上での滞在時間だが、レベルの場合条件が違ったりするのかもしれない。

「絆さんが船の上で迅速に行動できるのはスキルのおかげなのですか？」

「ああ。取得条件は船の上で12時間経過だ。取得するか考えておいてくれ」

「12時間ですか……短い様で長いですね」

取得する気マンマンの硝子は取得条件を聞いて少しがっかりしている。

確かに12時間は夜目と比べると比較的に条件は軽いが、ちょっと長い。

「にしても闇影はなんで落ちたんだ？　ドレインを詠唱していただけだろう？」

「それが自分にも理解できないでござる。気が付いたら海に落ちていたでござる」

「……詠唱で意識が足にいかなかったのかも」

「あーあり得るな……」

結構船の揺れは無意識にバランス取っているからな。

詠唱が仮に全意識を使う、みたいに設定されていたら転がって海に落ちる、なんて事も十分考えられる。このあたりは船上戦闘スキルで補えるのか？　補えると良いんだが。というか補えなかったら船の上で魔法スキルが死んでいる事になるぞ。

無論、誰かが支えて魔法を唱えさせるとか仮案はあるが、現実的じゃないよな……。

「絆さん！」

う～んう～んと思考していると突然硝子に話しかけられた。

振り返ると目が輝いている。何か名案でも閃《ひらめ》いたか。

「絆さんが私と闇影さんの手を握って戦うというのはどうでしょう！」

「……え？」

いや、どんな戦い方だ。そりゃ足を引っ張られた硝子の安定を保つ事は出来る。幸い硝子の武器は片手で使える扇子だ。更に闇影の詠唱による海落下防止も可能だろう。

だけど……仲良くお手々を繋《つな》いで戦う。凄《すご》く滑稽な姿だ……待てよ？

「それで大丈夫なら、闇影をマストに吊《つ》るしておけばドレイン使えるんじゃね？」

「とんでもない事言っているでござる！」

「いや、固定砲台的にさ。この際はりつけでもいいぞ？」

「もっと悪いでござる⁉」

「……ダメ。景観が損なわれる」

「しぇりるが言うならしょうがないな」

「釈然としないでござる！」

まあ冗談はさて置き、真面目に考えよう。

かっこ悪いとは思うが二人の手を握って戦うのも無理な手段ではない。

「そういえば後ろにバリスタがあるけど、あれは使えないのか？」

「使える」

「じゃあそれを使うというのはどうだ？」

「お金が掛かる」

「金か～……」

船の材料を買い漁《あさ》った所為《せい》で俺も少々心許ない。

話によればバリスタの矢は普通の矢の物より高額らしいので悩み所だ。

「しょうがないな……二人には船底で漕《こ》いでもらうか……」

さっき船内を覗《のぞ》いたら船底で押して漕ぐあの機材……名前知らない——があった。

あれを硝子と闇影に押させて俺としぇりるで12時間戦えば良いだろう。

「何がしょうがないなんですか！」

「ポジションが完全に奴隷でござる！　紋様は刻まないでござるよ！」

「ちっ！　気付かれたか」

結構小さい声で呟《つぶや》いたつもりだったが聞こえてしまった。

まあ四人で乗れるとは言っても、この至近距離で聞き漏らす訳は無いか。

「キャプスタン？」

「へぇ……アレってそんな名前なのか？」

ちょっとした豆知識を覚えたぞ。

「アレはロープや錨《いかり》を巻くやつ……漕ぐのはペンテコントール……まだ見せてない」

「さすが作り手、詳しいな」

「どっちにしてもやらないでござる！」

……その後数分の口論を挟んで。

「はぁ……分かった。かっこ悪いけど硝子の案で行こう」

結局妥協して頷《うなず》いてしまった。さすがに奴隷計画は自分でもナンセンスだと思う。

「はい！」

「絆殿が良い主で自分嬉しいでござる」

現金な奴等だ。特にダークシャドウさんの方。

何か変な気配を感じてしぇりるの方を向くと初めて表情らしい不敵な笑みを浮かべて。

「……次ヘマしたら奴隷プレイでがんばって」

しぇりるさん怖いっす。ともあれ仲良く手を繋《つな》いでの戦闘はさすがにアレなので、俺が二人を支えるという手段を取る事になった。というかさせた。

†

「硝子、このまま防ぎきれるか？」

「やってみます！」

作戦通り俺が二人を支えるという手段で戦っていた。

現在俺の左手には無防備になった闇影がドレインを詠唱している。

この間硝子を無闇に攻撃などで足を使わせると落ちてしまう可能性もあるので、前衛が硝子で敵の攻撃を扇子でいなし、俺が闇影の詠唱を支えて、ドレインが発動したら解体武器を片手に硝子のサポートに入るという、少々厳しい戦略を実践している。

敵はブレイブバード。大型の鳥型モンスターでの船の四分の一くらいの大きさだ。

属性は知らないが身体に赤い線が入っている。ちょっとかっこいい。

以前俺が戦った時は不利を悟って逃げ出したが、パーティーでならある程度戦えている。

今は硝子と闇影が船上戦闘スキルを所持していないが、取得が完了すれば二人でも相手できそうだ。

そうこう考えている間に硝子はブレイブバードの攻撃を扇子で受け止め、そしていなし、反動の少ない突きを繰り返している。

まだか？　と焦りの表情で闇影を見ると丁度ドレインが完了したらしく。

「ドレインでござる！」

そんな声と共に黒色のエフェクトが高速で飛んで行きブレイブバードに命中、体内から緑色の粒子が闇影に戻ってきた。

何だかんだで魔法ダメージなのを含め、エネルギー計算のほとんどを注ぎ込んでいるドレインの威力は高い。本音を言えばもっと火力の高い闇魔法を使って欲しい所だが、闇影のこだわりの様だし、俺達は何も最強を目指している訳ではないので楽しみを奪いはしない。なにより最強云々《うんぬん》を言い出したら俺なんかは相当弱いしな。

「闇影、次は硝子だ。攻撃を受けない様に待機していてくれ」

「承知でござる！」

ああ、実に歯痒《はがゆ》い。これが陸地なら二人の猛攻は順番など無く、打ち放題だと言うのに。だが、そうも言っていられないのでアイアンガラスキを片手に硝子の近くまで接近する。

「行けそうか？」

「はい。充填量もかなり良い状態なので行けます」

硝子の扇子を確認すると発光はかなり強くなっていた。

戦闘方法の関係、闇影が詠唱している間はチャージ時間が長くなる。

つまり硝子から発せられるスキルダメージも大きくなる。まだこれがあるので、最悪の状況とは言えないな。

「じゃあスキル後の隙はこっちで解消する。頼むぞ！」

「はい！　乱舞三ノ型・桜花！」

白色に光っていた扇子が淡いピンク色……桜色に変わる。そして桜の花弁が散るかの様なエフェクトが発生すると扇子が開き、勢い良く切り裂いた。

さながら『一閃《いっせん》』とでも表現したくなるが、あの線が攻撃範囲なのだろう。

つまり現状ブレイブバード一匹相手に戦っているのでベストな攻撃ではないが、チャージ時間に相応したダメージが期待できる。そして勢いを付け過ぎた硝子の足がよろめく。

「おっと」

「ありがとうございます」

それを受け止めて体勢を整えるのが俺の仕事だ。すぐさま硝子はブレイブバードに向き直る。ただ……。

「おい……逃げたぞ」

ダメージ量が一定に達したのかは不明だがブレイブバードが突然急上昇を始めた。

あっという間に空の彼方へ飛び立っていく巨鳥。

え？　今までの苦労は全て無駄という事か？

――ピシュンッ！

そんな金属を滑らせた様な音が背後から聞こえる。

振り返るとしぇりるが相変わらず無表情のまま、船後方にある物体を握っていた。

そう、バリスタだ。矢一発が程々の額のする、あの兵器。俺の頭はすぐに状況を理解した。

しぇりるはバリスタで追い討ちを掛けたのだろう。その証拠に空へ目を向けるとブレイブバードが落下を始めている。

ステータス画面を眺めるとエネルギーが７００も増えていた。つまり倒した、という事か。

「どうにか行けるな」

「そう」

相変わらず口癖を呟《つぶや》くしぇりるを横目に考える。

四人で７００エネルギー。パーティー補正も入っているが、正直相当美味い。

無論、現状では数を狩るのは不可能なのも事実だが、それでも常闇ノ森よりエネルギー効率は良い方だ。要するに一匹一匹の獲得量が大きいという事か。

「海、経験値的にどうだろう」

元前線組で美味しい狩り場に詳しい硝子に訊ねる。

もっと効率の良い場所はきっと沢山あるだろうが、ブレイブバードは海のモンスター群の中でも弱い方だ。中々評価も良いんじゃないか？

「……思っていたよりも多いです。私が前線にいた頃戦っていた魔物と同等以上なのではないでしょうか」

「そりゃ良かった。船作りだの、戦闘方法だの、あれだけ苦労して不味かったらどうしようもないからな」

「ですが、ここはまだ海の中では始まりなのですよね？　一体この先はどうなっているんですか？　正直、これで弱い方と言われると疑問しか浮かびません」

硝子の言い分も頷《うなず》ける。さっき硝子は前線にいた頃と同等と言った。

つまる所、ブレイブバード程度の経験値が前線の獲得量という事になる。

無論、殲滅《せんめつ》力などの差は当然あるが、少なくとも俺はブレイブバードよりも強い敵を何匹も知っている。

だが、そこから出てくる答えは不安ではなく……。

「だから、気になるんだろう？」

「……そうですね。あの先に何があるのか全くの未知数ですもんね」

それは期待。冒険心と例えても良いかもしれない。

分からないから行ってみたいという凄《すご》く単純な欲求。俺としぇりるに限らず、硝子にもこの気持ちを理解してもらえるなら嬉しい。

あの水平線の向こうに何があるのか分からない。だからこそ、行ってみたいと思った。

「まあでも今は海に落ちたアレを拾って俺達の金になってもらわないとな」

今はまだ、その時ではない。俺はしぇりるに解体武器の事情を話した。同じ狩り場で戦っている者が誰もいないのだから隠す必要も無い。

こんな感じで俺達は船上戦闘スキルが出現する十二時間もの間戦い続けた。

……俺達はまだ知らない。災いが刻一刻と近付いている事に……。

十一話　ディメンションウェーブ　始動

ソレが起こったのは俺達が海で生活を始めてから一週間程経った頃だった。

硝子も闇影も船上戦闘スキルを習得して、遠くへ来られる様になった頃……。

「大分沖まで来れる様になってきたな。そろそろもっと先に行ってもいいんじゃないか？」

「そうですね。近頃は陸地よりも船の方が動きやすく――」

言葉を途中で止め、硝子は直前までの柔らかだった表情を変えた。

そして海、第一都市の方向に振り返る。

釣られて何かあるのかと俺もそちらを向くが、これといった変化は無い。

「どうしたんだ？」

「いえ、風が前からも後ろからも来るので少々気になって」

「確かに、変……」

しぇりるは船の帆を指差す。確かに帆が変な動きを繰り返している。

「どうしたでござるか？」

船の先頭で警戒をしていた闇影が疑問を浮かべている俺達へ近付いて来る。

俺は硝子としぇりるの話を伝えようと言葉を紡ぐ……よりも前に事態は動いた。

「これは……行けません！　絆さん！」

突然硝子が俺を抱きかかえて手近にあった帆に繋《つな》がるロープを強く掴《つか》んだ。

どうしたんだ？　そう訊ねようとした直後。

――ギギギッ！

何かを押し開くかの様な、不快な音。痛み、と例えても良いかもしれない。

近い音というと黒板などを爪などで引っ掻《か》いた音だろうか。その音を何十倍にも不快にした。そんな音だった。

そして……――バリンッ！

鼓膜を破るかの如《ごと》く、ガラスを地面に落とした音。方向は硝子が指摘した風がした場所、第一都市の方角。

「なっ⁉」

現実では決して起こらないであろう空間そのものにヒビが入った様な黒い線。

直後、爆発と例えて差し支えない突風がヒビの方向から発生した。

「くぅっ！」

硝子から苦痛に似た声が響く。それもそのはずだ。爆風が船に直撃したからだ。

船の帆が強く靡《なび》く……いや、船そのものが浮いている。テレビで竜巻の映像を見た事があるが、それに匹敵するかもしれない。

水飛沫《みずしぶき》が舞い、辺りは直前までの平和な海を地獄に変えている。

「闇か――」

闇影、そしてしぇりるが爆風に飛ばされていく。声は暴風で聞き取れなかった。ゲームの仕様上死にこそしないだろうが、人が風に飛ばされていく……トラウマになりそうだ。

†

……どれ位経っただろうか。一分か、あるいは数十分か。

時間の感覚が曖昧になり、暴風が収まったのは、それ位経ってからだった。

「……絆さん。大丈夫……ですか？」

「あ……ああ」

硝子の声を聞いてやっと風が止んだ事を実感したのだから相当だろう。

辺りを眺めると俺達は船の上にいた。帆船そのものに被害は無いが、海には木材などが浮かんでいる。

これがゲームだという前提が無ければ第一都市から飛んできた、と考える所だ。しかしこれはゲーム。おそらくそういう演出だと思われる。

「ダメージはありませんか?」

ダメージ? 俺はすぐにステータス画面を表示させて自身の状態を確認する。

幸いどこも異常はない。暴風が起こる前と何等変わらない状態が映っていた。

いや、そもそもダメージは無いか、という質問はおかしい。

まるで自分にはあったかの様な言葉だ。

「硝子にはあるのか⁉」

「500程受けただけで、それ程大きいものではありません」

「それは良かった。いや良くはないか」

「あれだけの事があったんですから、500で済んだのは不幸中の幸いと言えるでしょう」

「……そうだな」

安堵《あんど》の息を吐く。これが千だの万だの言われたら大変だった。

「しかし、今のはなんだ」

「絆さん空を見てください」

「空……?」

見上げると赤。赤い色が瞳に映し出される。

ワインレッドに染まった空。血に似た色が頭上を染め上げていた。不安になる色。不気味な雰囲気を醸し出している。

俺は呆気《あっけ》に取られた表情でただそれを見上げていた。

それは俺だけではなく、硝子も同じだ。いや、今はそれ所じゃない。

「硝子、それよりも闇影としぇりるが先だ」

「そ、そうですね！」

先程風に飛ばされるのを目撃している。

海に落ちたなら風は多少防げるだろうが、闇影は泳げない。そうなるとダメージを多く受けてしまうだろう。スピリット的には可能な限り軽減してやりたい。

俺は船の周りだけでなく、遠くも眺める。あの風じゃあどこまで飛ばされたのか皆目見当も付かない……二人とも、無事でいてくれよ。

「いました！」

「本当か⁉」

硝子の指差した方向を眺めると浮かんでいる影が見えた。

俺は舵《かじ》スキルをすぐに習得すると帆船を動かし始める。

今はエネルギーだの、マナだの言っている時じゃない。

「大丈夫か！」

さすがに今まで舵《かじ》を担当していたしぇりると比べれば拙《つたな》い動きだが、船を近付ける。

すると確かにしぇりるは闇影を抱えていた。

「しぇりるさん、掴《つか》まってください！」

「ヤミが先」

「……ん。ヤミも一緒」

「分かりました」

硝子は言われるまま闇影を引き上げて、次にしぇりるに手を差し出した。

上がってきた二人は当然ながら海水で水浸しだ。かく言う俺達も風で飛んできた水で大分濡《ぬ》れている。

「闇影、エネルギーは大丈夫か？」

「……2000程受けたでござるが、ドレインでいつも皆よりもらっているでござる故、問題はござらん。それよりもしぇりる殿の介抱を」

2000ダメージというと正直、かなりのダメージだ。

スピリットは耐久的に問題ないが、しぇりるは晶人。最大HPが何あるかは不明だが、死んでいない所を見るにデスペナルティは避けられたのだろう。

「だいじょぶ。HPゲージが赤いだけ」

「それ大丈夫じゃないだろ」

問題ない事を主張するしぇりるを休ませて、俺はとりあえず舵を第一都市へ向ける。

だが、自然とその視線は上空を眺める。

――ディメンションウェーブ。

俺達全員はその方角を眺めて、誰が言うでもなく確信した。

そう、第一都市の方向には未《いま》だ黒いヒビが自己主張していたのだった。

†

――『絆†エクシード』さんに複数チャットが届きました。参加しますか？

第一都市へ向かっている途中、奏姉さんと紡からチャットが送られてきた。

当然ながらディメンションウェーブの件だろう。

第一都市に着いたら俺の方から送ろうと考えていた所だったので舵を取りながら参加する。

「絆お兄ちゃん⁉　大丈夫だった？」

「絆、怪我《けが》はない？」

突然二人の大きな声が響いた。

ゲームとはいえ、あれだけの事があったので気持ちは理解できる。

「ああ、海にいたんだが、硝子……仲間のおかげでダメージ一つない」

「よかった～……こっちはパーティーの二人がデスペナったよ」

「……お姉ちゃんの方では三人かな～」

「そんなにか？」

二人から落ち込んだ声で被害が報告される。

話によれば、デスペナルティを受けた奴は数えるのも嫌になる位いるそうだ。

しかし、予想よりも随分と被害が大きい。

紡が所属しているという事は、おそらく前線パーティーだ。

その中の二人が死んだとなると相当だろう。

もしかしたら俺達は海がクッションになって比較的ダメージが少なかったのかもしれない。いや……発生源が陸の方だったから離れていたのも大きいのか。

あくまで想像だが、あの突風を受けて壁にでもぶつかったら２０００ダメージでは済まない気がする。そう考えると俺達は運が良かったのかもな。

「それでそっちは今どうなってるんだ？　俺達は海にいるから情報に疎くて」

「海？　海って海岸？」

「いや、沖の方」

「そんな所に行けるの？　というかどうやって行くの？」

「ＲＰＧで海を移動する道具って言ったらそう何個も無いだろうよ」

「「なるほど！」」

それで納得する所がゲーマーの悲しさか。

船、あるいはそれに追随するアイテムを想像したに違いない。

「こっちは今、皆……沢山の人達で調査してる所だよ」

「調査？」

「ええ、ヒビの位置から第一から第二の間だと思うんだけど、何かイベントが発生しているんじゃないかな？　というのが大多数の考えね～」

「なるほど」

よくよく考えてみればディメンションウェーブという、タイトルにもなっているものがどの様なイベントなのか俺達は何も知らない。

現状、赤い空と空間のヒビが関係しているのは確実だが、大多数参加型のイベントである可能性は十分考えられる。参加するしないを問わず、情報を得ておくのは重要だろう。

「絆お兄ちゃん、第一の方に来れる？」

「今向かってる」

「じゃあ第一に着いたら広場で合流しよう」

「分かった。じゃあ一度チャット切るな」

――チャットが終了しました。通常会話に戻ります。

チャットを終了して、硝子達を振り返ると三人がこっちを凝視していた。

いや……普通に電話、じゃなくてチャットしていただけだが。

「な、なんだ？」

「紡さんからお電話ですか？」

「ああ、姉さんと紡からだった」

「お姉さんもいるのですか」

「そういえば言ってなかったな。三人でやってるんだ」

「どうして別々に行動しているのでござるか？」

「そういえば、どうしてだろうな」

確かに兄妹三人でやっているのに何故か全員別行動だ。

言われてみれば三人でパーティーを組んでも良かったかもしれない。俺は最初から釣りをする事を公言していたので、二人が察してくれたんだろうけど。

「第一都市に着いたら一度合流する事になった」

「ご兄妹の安否ですから、とても大事な事だと思います」

「硝子殿の言う通りでござるな。この際絆殿だけでも先に第一都市に行くのはどうでござるか？」

「いや、二人とも大丈夫だったし、そんなに急いで合流する程でも無いだろうよ」

これが創作物によくあるデスゲームって訳でもあるまいし。

家族の贔屓目《ひいきめ》だが、あいつ等ゲームは俺よりも上手いからな。実際、ディメンションウェーブの直撃を受けて自分達は死んでないよっぽいオーラ出してたし。

心配してないかと言われれば嘘になるが、今すぐ会わなきゃダメって程でも無い。

「……そうでもない」

「大丈夫だろ。一応前線組だしな」

「違う。絆には第一都市へ帰還して情報収集して欲しい」

なるほど。一理あるな。

海から船で帰れば距離の関係、帰還アイテムを使うよりは時間が掛かる。その点、パーティーメンバーの誰かが情報収集に先行するのは十分ありだ。

「だけど、それは俺じゃなくても良いんじゃないか？」

「絆はこの中で一番交遊関係が広い。情報集めなら、絆が適任」

「しぇりるさんのお言葉通りですね。絆さんが一番かと思われます」

「自分、人と話すのが苦手でござる故」

確かに前線組の紡、姉さん、アルト、ロミナあたりに聞けば現状を把握するのは早そうだが、面倒を押し付けられている気もする。本音を言えば、それを喜んで頷《うなず》いてしまう俺はシスターコンプレックスなのかもしれないけどさ。

「ありがとう。じゃあ先に行って可能な限り情報を集めとく。着いたら連絡頼むぞ」

「ん」

スピリットとして常用基本である帰還アイテム『帰路ノ写本』をアイテム欄から選ぶ。

緊急脱出用に三つ持っているが、これ1000セリンもするんだよな……。

いや、我侭《わがまま》を言うまい。時は金なり、とも言うからな。

今は1000セリンよりもディメンションウェーブ対策が重要だろう。

そういう訳で俺は帰路ノ写本を使用し、三人を残して先に第一都市へ急いだ。

十二話　前線組

「……被害は大きかったみたいだな」

都市の第一印象はそんな感じだった。

事前にディメンションウェーブ用に作られていたのか、第一都市ルロロナの建物は所々崩れて変わり果てている。

約二週間近く拠点にしていたので見覚えがある場所が多いのも微妙な心境にさせる原因か。逆に行き交うプレイヤーはイキイキとしていると思う。

まあディメンションウェーブなんて大きなイベント、普通のオンラインゲームからすれば大規模パッチに近いからな。これから起こるイベントにワクワクしているのだろう。

「にしても寒いな」

第一都市は海に近い影響か、あるいは最初の街という事で比較的温暖に設定されている。小春日和《こはるびより》みたいな、ボーっとしていると眠くなる、そんな印象のある都市だ。

しかし今はディメンションウェーブの影響なのか、温度が低い。

思えばゲームで温度というのも面白い。まるで異世界にでも来たみたいな、そんな錯覚すら抱く。セカンドライフプロジェクトとして可能な限り実装した、という事だろう。

さて、情報収集をすると言った手前調べとかないとな。

まずは姉さんと紡か。

後はアルトと連絡を取ろう。奴なら色々な所から情報が集まるだろう。

目的を決めて歩き出そうとした所、空に違和感を覚えた。

「……雪？」

そう、雪が降ってきた。俺以外にも気が付いた奴は多く、少し顔を青くしている。

ゲーム的には演出なのだろうが、天変地異の様で不気味さが増した。

さながら北欧神話にでも出てくる世界の終焉《しゅうえん》みたいだ。

「……硝子、力を借りるぞ」

メニューカーソルからアイテム欄を選択し硝子が以前くれた粉雪ノ羽織を取り出す。

海ではそれ程寒くなかったので使っていなかったが、この寒さでは必要だろう。

相変わらず俺は西洋風の衣服をメインに使っているので合わないだろうが、粉雪ノ羽織は効果以上に暖かい気がした。

そうこうしている間に待ち合わせ場所である広場に到着した。

作為的なものを感じるが、ここはゲーム開始地点。

広場には普段は見られない屈強な全身鎧《よろい》を身に纏《まと》った者や品質の良さそうな魔法使いと

いった風貌のローブを羽織って大きな杖を持った者がいた。誰が言うでもなく、前線組の奴等だろう。この中に一週間前まで硝子が混ざっていたと思うとなんだか不思議だ。

「紡達は……」

キョロキョロと辺りを歩きながら探す。

軽装パーティーの俺達と比べると両手剣などのごつい物を持っている奴等が多くて少しビビッた。よく考えるとMMORPG的にはそっちの方が自然なのか。

「絆お兄ちゃーーーーん！」

右後方から紡の声が響く。姉さんと紡はリアルと同じ声を使っているのですぐに気付いた。

……こんな異世界っぽい場所で現実の声を聞くのはちょっとアレだがな。

「つむ――」

紡と言い切る前に俺にダイブしてきやがった。

「うわっと！」

無理かもしれないとも思ったが俺はそのまま受け止める。

受け止めた衝撃でアニメみたいに三回転した。

「むふー！」

ケモノ耳で再会の興奮を訴えているのか、耳が高速でピコピコしている。

頭を撫《な》でてやろうと手を伸ばすが、紡は俺より身長が高い。イメージとは違う、下から頭を撫でる形になった。

くっ！　ちょっとかっこ悪い。

「あれ？」

「どうした？」

「ううん、なんでもない。絆お兄ちゃんも元気そうで良かったよ」

「そっちこそ大丈夫そうだな……ていうかレベル高そうだな」

赤いアクセントの入った漆黒の鎧《よろい》。ロングスカート風の鎧はかっこ良さと可愛らしさを両立させている。武器は仕舞っているので分からないが、何を着けても似合いそうだ。

平民な兄に、騎士の妹って感じで多少思う所はあるけれど、目的が違うのだから自然と装備にも変化はあるだろうと納得する。

「あはは、26レベルになったばかりだよ～」

「……26？」

俺は紡のレベルに対して聞き返してしまった。というのもしぇりるのレベルが21だからだ。硝子と闇影が船上戦闘スキルを覚えたおかげで効率が跳ね上がったのも大きいがしぇりるは確実にレベルが上がっていた。

本人曰《いわ》く『20から上がり辛くなった』とか言っていたが、初日からずっと前線で戦い続けていたであろう紡と5レベルしか差が無いとは……。

「私のレベルがどうしたの？」

「い、いや、なんでもない」

咄嗟《とっさ》に誤魔化してしまったが、どういう事だ？　きっとオンラインゲームにありがちなレベルの上がり辛さだろう。

序盤だけ早くて、後半は異常な量が必要になる経験値。あれに違いない。

「紡の兄さんだな？」

紡が来た方向から四人のパーティーと思わしき人物が話しかけてきた。

話しかけてきたのは人間の男。

兄として妹を呼び捨てされた事に若干シスコン根性が沸いてくるが、考えてもみればゲームなので呼び易い言い方になると納得する。

ゲーム内の名前だしね。本名はさすがに呼び捨てさせないぞ。

男は赤の入った茶髪で白いアーマーを着込んだＲＰＧに出てくる勇者みたいな奴だ。

態度から紡が所属するパーティーのリーダーといった所か。

後ろには両手杖を持ったローブを着けた人間の女性。本、魔導書を持った晶人の青年。ライトアーマーの草人の少年、と紡を含めて種族オンパレードだ。

「ああ、俺が紡のリアル兄の絆だ」

「聞いてるぜ。お姉さんと紡に妹にさせられたんだってな？」

「……まあな。まあ程々に楽しませてもらっているよ」

「よろしくな、絆。オレはロゼット。皆からはロゼって言われてる」

握手を求めてきたロゼ。断る理由がないので握手を交わしてから会話を続ける。

「聞くまでもないが、ロゼは前線組か？」

「ああ、紡やレイ達のおかげだ」

ロゼの第一印象は、なんかギャルゲーの主人公みたいな奴だ。

レイというのが誰かは知らないが後ろの三人の内の誰かだろう。男三人、女二人の一般的なＲＰＧにありがちな構成。王道的に見て、後ろ三人は、両手杖の女性がレイとやらで光魔法、魔導書の青年が四属性魔法、ライトアーマーの少年が弓って所か。

そしてロゼは盾役か。パーティーリーダーに合いそうな男だ。

ちなみに実際に訊ねたら正解だった。俺の勘も中々のものだな。

まあ、ＭＭＯＲＰＧでハズレのない構成というと、そんな感じなんだけどさ。

「おーっす！　絆の嬢ちゃん！」

あ、らるくがてりすを連れて俺の方にやってくる。

「らるくさんやっほー！」

「おう。やっほー紡の嬢ちゃん」

らるくが随分と親しそうに紡と会話を始めた。

「紡もらるくと知り合いか」

「うん。同じ鎌使いの知り合いなんだ」

俺と紡と知り合いって妙な縁を持ってるなぁ。

「奏の嬢ちゃんはいねえのか？」

「姉も知っているのか……」

凄《すご》いな。エクシードって名字の奴をコンプリートする顔の広さ。

「よく臨時で狩りするんだ。てりすと気が合うから話をする機会が多いんだよ。やっぱ姉妹ってのはコイツ等だったんだな」

「まあなー……それで紡、ディメンションウェーブの調査はどの程度進んでいるんだ？」

「第二都市までの道の途中に今までなかった場所があるらしいよ」

「……特設マップって所か」

そのマップに何かあるか、あるいはそこで戦闘があるのか。

ボスモンスターでもあのヒビから沸いて出てくる、とかが妥当な所か。

「オレ達は三日後に何かあると睨《にら》んでる」

「三日後……そういう事か」

「ま、そのあたりが無難な所だろ？」

——三日後、その日は俺達がこの世界、ディメンションウェーブに来て丁度一ヶ月目だ。

なるほど、その線は十分あり得る。

イベント的にも一月経ったあたりで大きなイベントがあるのは納得できる。無論、ハズレる可能性もあるので引き続き調査は必要だが、三日後に何かあると踏んでいいだろう。

仮に三日後、大きな戦いがある事とした場合。

……俺が最初にすべき事は解体武器の効果だ。

この情報を公開すればゲーム内戦力の底上げが出来るはず。

十分稼がせてもらったし、今まで紡と一緒にいた彼等にならー——

「おいおい、勇者様はスピリットなんかとつるんでるのかよ」

決意を固め、喉《のど》から言葉を出し掛けた直後、ロゼに話しかけてきた人物がいた。

金髪のイケメンだ。まあゲームなので美男美女ばかりなのだが。

「……お前等か」

今まで穏やかだったロゼが眉を顰《ひそ》め、不快そうな顔をした。

「ったく……お前らも懲りるって事がねえなぁ」

ラルクも少し困った様子でため息を漏らしている。まあ態度からあまり関わり合いになりたくない類《たぐい》の輩なのは分かる。

その金髪の背後には三人連れがいる。装備や構成がどことなくロゼ達に近い。

多分、レベルが近いのだろう。そうなると彼等も前線組と考えるのが適当か。

「スピリットが弱い種族なのは事実かもしれない。だが面と向かって言う事ないだろ」

ロゼが反論する。これは庇《かば》われているんだよな？

俺とロゼは初対面だ。それなのに庇ってくれるって事は、ロゼは良い奴だな。

「ちょっとやられたら弱くなるのは事実だろう？」

ヘラヘラとした笑みを浮かべる四人組……頼む、一言だけ口にしたい。

何、そのマンガにでも出てきそうなあからさまなチンピラキャラ。笑える以前に、こんな奴実在したんだな。何を思ってこのゲームに参加したのか。

「第二都市開放戦で彼女がどれだけ貢献したか忘れたのか⁉」

「HPが高いのがスピリットの特徴だろう？」

「それでも彼女がいなければ敗北していたのも事実だ」

ロゼと金髪は俺などそっちのけで口論をしている。

前線組も中々大変なんだな。まあオンラインゲームにおけるお約束みたいなものか。

経験値効率、アイテム、狩場云々《うんぬん》で喧嘩《けんか》になるのは高レベルプレイヤーの方が多いからな。俺も何度か経験があるので心配する程でもない。

ちょんちょんと服の裾を引っ張られたので、振り返ると紡が耳打ちしてきた。

「狩場の取り合いでよく争う人たちなの。構成が似てるから」

「なるほどな」

という事はあっちの四人も盾、魔法、魔法、弓の構成なのか。

典型的な効率パーティーだな。必然的に狩場が近くなるって事か。

「それで、何の言い争いをしているんだ?」

「うん。第二都市の開放で戦う事になったボス戦でスピリットの人のおかげで勝てた様なものなの。多分、その人がいなかったらあの時全滅してたと思う」

「まあ、彼の言う通りスピリットのＨＰが高いのは長所だしな」

代わりにそいつはエネルギーを相当削られたんだろうな。しかし、どこかで聞いた様な話だな。

「それで、その彼女とやらはいないみたいだけど、どうしたんだ?」

「うん。二週間前……位かな。そのあたりから一緒にいる所を見ないからパーティー脱退したのかも」

「へぇ」

俺が丁度海釣りをやめてフィールドに出た頃だな。

……………硝子じゃね?

確か硝子は都市開放戦に参加したとか言っていた覚えがある。無論、全くの別人である可能性も捨て切れないが状況は一致する。外道だとかなんとか言っていたが、所謂《いわゆる》効率厨って奴なのだろう。

硝子の戦い方を見るに、敵はモンスターだけじゃなかったのかもな。

攻守一体のやや防御よりの武器で衣類系の回避系防具。敵の攻撃を防ぎ、必要ならば避ける。なるほど、効率重視殲滅《せんめつ》系パーティーだと守るのが重要になりそうだ。

「まあ勇者様もスピリットなんか入れて吸われない様にしろよ？」

「そんなのオレ達の勝手だ」

「じゃあな。おれ等も暇じゃないからな」

嫌みを告げると金髪達は元来た道を歩いて行った。

暇じゃない割には随分と熱心だった気もするが、まあ良いだろう。

「悪い。気分を害したなら謝る」

「まあネトゲやってれば、ああいうのにも遭遇するだろうさ」

「そう言ってもらえると助かる」

「ま、ゲームでストレス溜めちゃ意味ないだろ。ああいう奴の相手をしても何の意味もない。好きに遊べばいいんだよ」

らるくは大人な対応って感じだなぁ。

「スピリットが弱いのも事実だしな」

実際他の種族と比べて戦闘能力はあまり高くない。

やり方しだいでは他種族を上回れる手段もあるが王道からは外れる。

しかし俺の言葉にらるくとロゼは。

「そう卑屈になるもんじゃねえよ」

「オレは違うと思う」

「そうなのか？　前線組の話なら参考になりそうだな」

「奴等にも言ったが、スピリットがいなかったら第二都市開放戦で一度負けてたはずなんだ。スピリットは雑魚戦では弱いかもしれねーけど、ボスには強いと思う」

「なるほど」

言われてみればリザードマンダークナイト戦でマイナス３０００状態の闇影のドレインは結構なダメージを出していた。

あのダメージをゲームが始まって二週間で出すには他種族では難しいだろう。

更にはＨＰ、というかエネルギーで計算しているので死に難い。

この四週間でエネルギーを稼ぐのがどれだけ大変か知っている俺からすれば、雑魚戦でも程々に稼げていると思うんだ……硝子も海はかなり美味しいと言っていたし。

……今は他にやるべき事がある。

「そんな事よりもディメンションウェーブだろ？　祭りを楽しもうぜ」

「そうだったな。絆はこれからどうするんだ？」

「紡にも会えたし、姉さんと会ったら情報収集だ」

硝子達に情報収集と約束している手前、ボーっとしている訳にもいかない。

そのアルトあたりは今頃どこかを走り回っているはず。

アルトから情報を得られれば現状を把握するのも容易《たやす》い。

後は三日後に何かあると考えた場合、武器と防具も一新して備えておきたい。その材料、海に生息するモンスターから得たアイテムが山程ある。以前ロミナに解体アイテムを優先的に売ると約束したので、それも果たせるだろう。

考えてもみれば、残り三日じゃ時間がいくらあっても足りないな。

迅速に、慎重に動きたい。

「じゃあ俺は俺で調べてみる。ロゼット。紡を……妹を頼んだ」

「絆お兄ちゃん、なんで彼氏に任せる風に言ったの⁉」

「いや、お前だし」

「意味が分かんないよ！」

「ははは、紡は家の火力だし、任されるというより任してるぜ」

……さすがは戦争の申し子。

「そういや絆の嬢ちゃん」

「なんだ？　つーか毎度言うが俺を嬢ちゃんと呼ぶのをやめて欲しいんだが……」

ネカマにされてしまったが男をやめたつもりはない。

嬢ちゃん呼びは勘弁して欲しい。

「なんであろうとゲーム内ではその姿なんだから嬢ちゃんで良いだろ。ぶっちゃけ……相当作り込んだ外見してるぜ」

「そりゃあ私とお姉ちゃんが力を合わせて作り上げた力作だもん。他には無い魅力をちりばめたつもりだよ！」

むふーと自慢げに胸を張る紡に殺意が湧いてくる。

お前等が勝手な事をしなければ俺はこんな姿でゲームをしなくて済んだんだぞ。

「話は戻って、確か絆の嬢ちゃん釣りと料理技能持ちだろ？　良いクエストがあるから俺とやっておかねえか？」

「何かあるのか？」

当然って様子でらるくが親指を立てる。

「ま、騙《だま》されたと思って来てくれよ。そこまで難しいクエストじゃねえらしいからよ」

†

「そんでらるく、俺達はどこへ行くんだ？」

紡と別れた俺は硝子と合流してかららるくの案内で第一都市の裏路地を歩いている。

驚くべき事に硝子とらるくは顔見知りだった。

姉さんと同じく軽く挨拶をした程度だけど、それでも顔を知っている間柄だと言う。

こう……顔が不思議と広い奴だな。尚、闇影としぇりるは船で待機している。

闇影は人見知りを発揮して船で留守番すると言い、しぇりるは船の破損が無いか本格的な整備を行いたいとの事だ。必然的に俺と硝子、らるくの三人で移動している。

「そんな急かすなって。すぐそこだよ」

と、らるくが案内したのは裏路地を抜けたちょっとした広場にある……家だ。

その家の前に立っているNPCの前でてりすが立っていた。

「あ、きたきた！　絆ちゃんこっちこっちー！」

「はいはい」

「はー！　絆ちゃん久しぶり！　ちょーしどう？　てりすはー毎日楽しくあそんでんの。いやーなんか街の雰囲気変わって半端ないわよねー！」

こう……らるくもてりすもなんか軽い感じの印象を受ける……悪い人じゃないのは分かるけどさ。

「あ、硝子ちゃんだー！　お久しぶりね！」

「お、お久しぶりです」

なんか硝子の頬が引きつっている様な気がする。

「ほんとー！　あいつら酷《ひど》いわよねー！　絶対許しちゃダメだかんねー！　罰してやらないとねー！　何なら私の知り合いに声掛けるわよ？」

「え……えーっと、お気になさらず。その言葉だけで十分です。むしろ余計な真似をされると困ります……」

「硝子ちゃんやさしー！　てりすも硝子ちゃんみたいに優しくならなきゃ！　ねー！　らるくー！」

「てりすは十分優しいぜ！」

「あーん！　らるくー！」

ってらるくとてりすが二人でいちゃつき始めた。

俺はそっと硝子に耳打ちというかチャットを飛ばして内緒話を行う。

『硝子、やっぱこの二人の事苦手な感じ？』

『非常に申し訳なく思いますが、はい……こう、悪い方ではないのは分かるのですが、言葉や態度が非常に気になりまして……』

『まー……気持ちは分からなくもないかもしれない』

姉さんや紡の友達とかに稀《まれ》にいるので俺も馴《な》れはあるけど、好んで仲良くしたいとは思わないタイプだ。

らるくの口ぶりを思い出すと社会人っぽいんだけど、学生のまま大きくなってしまったというのかな……。非常に申し訳ないけれど、この二人の現実の姿って半グレとか不良と呼ばれる連中がそのまま大人になってバカップルしているイメージなんだよなぁ。

らるくの方は大人な対応とかするから世間話程度なら問題ないけど、二人が一緒にいると途端に蚊帳《かや》の外になると言うか。

「っと、すっかり忘れる所だったー絆ちゃん。このNPCに声を掛けると良いわよー」

らるくとの甘い時間を中断して、てりすが俺に声を掛けてきた。

「あ、はい」

とりあえず言われるままにNPCに声を掛けた方が良いか。

「あの……」

俺が声を掛けるとNPC……なんか恰幅の良い主婦っぽい人がこっちに顔を向けて喋《しゃべ》り始める。

「こんにちは！　今日は良い天気ね！」

俺は言われて空を見上げる。

ディメンションウェーブが発動したから暗雲立ち込める空模様になっているのだが……。

で、建物の方からママー！　お腹すいたー！　って効果音というか声が聞こえてくる。

「こんな日の昼はアジのフライがぴったりだと思うのだけどねぇ……」

既に昼なんかとっくに過ぎてて陽が傾いているんだが……気にしたら負けか。

クエスト発生　お昼のアジフライ
概要・街の主婦にアジを三匹渡す。

という項目が俺のステータス表示に現れた。

NPCかららるく達に視線を向ける。

「クエスト受けられただろ？　アジを三匹渡したら次な」

「絆ちゃんなら持ってるでしょ。いつも海で釣りをしてたし」

「まあ……」

言われるまま俺はクエスト画面を操作して所持しているアジを三匹納品する。

「え？　私にくれるのかい？　すまないねぇ。これはお礼だよ！　それとオマケ！」

と……NPCのおばさんは俺に礼を言って500セリンとアジフライを一個くれる。

クエストクリアって事で良いのかな？

「ん！　良いアジを持ってきてくれたねぇ！　良かったら街の北に住んでる娘にも魚を渡

してやってくれないかい？」

　といった感じでクエストは終了した様だった。

「えっと……アジフライを報酬にもらった」

「うん！　じゃあ次は街の北にいるこのNPCの娘ってキャラクターに声を掛けに行きましょ！」

　なんていうか……うん、オンラインゲーム経験で分かる。

　いわゆる連続クエストってやつだ。

「絆ちゃん、料理技能持ってる？」

「あ、はい。料理技能ならⅡまで取ってます」

　料理技能Ⅱで刺身のレシピが出た。なので最近は刺身をよく作っている。

　硝子や闇影に渡すと非常に喜ばれる。焼き魚も良いけれど刺身もやはり美味しい。

　新鮮な内に品質の良い魚を捌《さば》くと、本当に美味しい。これだけでこのゲームに参加した価値はあると思えてしまうほどの味だった。

「それなら大丈夫ね。無理でも私が作って渡すから問題ないけどー最終的に焼き魚と刺身が必要だから」

「あ、よく作ってます」

「なら安心。今度はニシン５匹とアユ２匹よ。持ってる？」

「どっちも持ってます」

どちらかと言うと海の魚を多めに持っている俺だけどアユは硝子と第二都市に行った際に釣っている。しぇりると船を作る合間にも第二都市の川で何匹か確保はしていた。

「それとタイがあれば完璧なんだけど」

「持ってますねぇ……」

「さすがは絆ちゃんね！　前に持っていたから大丈夫だと思っていたわ」

まあ船で釣ってれば自然と釣れる魚だから。

「クエスト周りですか？」

「そうみたい。必要クエストが全部魚関連なんですか？」

「この連続クエストはな、結構長いみたいだがよ。途中の報酬が絆の嬢ちゃんにとって悪くないもんだぜ」

「はぁ……」

と言う訳でラルク達の案内で俺は次々とNPCから要求される品々を納品していった。

途中でアユを見せた後に塩焼きにして渡すとか徐々にハードルが上がっていった。

で……。

「ふん、まあまあじゃねえか。これは礼だ、受け取れ」

クエストクリア！

初級・漁師の料理レシピと料理熟練度獲得！


と、クエストクリア報酬で気難しそうな漁師っぽい老人のＮＰＣから料理レシピをもらった。場所はしぇりるが船を作っていた造船所のすぐ近くの小屋だ。

料理熟練度に関してはスピリットだからか、料理技能Ⅲへ上げる為の必要マナと条件の緩和が掛かったっぽい。

「よーし！　ここまで出来れば十分だぜ。その料理レシピにスズキのフライがあるだろ？その料理がオススメだ。何せ食事効果で攻撃力（小）と攻撃速度上昇（弱）が付くんだぜ」

おお……なんか結構コストパフォーマンスが良さそうな料理レシピを習得できた。

「らるくさんはこのクエストをどのようにして見つけたのですか？」

「ああ、俺は街のＮＰＣに片っ端から声を掛ける性分でな。隠されたクエストとか以外なら大体把握してる」

ああ……クエスト攻略に重きを置くタイプなのか。

となるとクエストで経験値や報酬もバカに出来ない程度にはもらえるって事だな。

「後はこのＮＰＣに何か魚を見せたらクエストがクリアできるみたいなんだけどねー」

てりすが補足してくれる。
なのでNPCにもう一度声を掛ける。
「……お前の腕前がどの程度か見せてみろ。次はそれからだ」

クエスト発生　魚テスト
概要・漁師のお爺さんに魚を見せる。

「まて……お前、港の主を釣ったな……良いだろう。十分だ。じゃあ……このウキをやる。……今度またテストしてやるから時間が経ったら来い」
って、いきなりNPCが言い出してクエストクリアとなった。

アナザークエストクリア！
3000セリン、ルロロナのウキと釣り熟練度獲得！
ルロロナのウキ　エピック
武器系統　釣り具・アクセサリー
装備条件　フィッシングマスタリーⅣ以上

釣竿《つりざお》の性能向上（小）　釣れる魚を一定化（大）　希少魚確率上昇（中）
ルロロナの漁師が腕によりを掛けて作り出した至高の一品。
釣り糸に付ける箇所で釣れる魚をある程度制御する。更に珍しい魚が釣れる確率が上昇。
釣った魚によって成長する可能性を持つ。

ああ、そういえばウキもこのゲームではあるのか、あんまり意識せずに釣竿と釣り針で釣っていたけれど、今度はウキも使おう。

これは俺からするとかなり嬉しいアクセサリーだ。

しかもエピックと付いている。意味的には英雄的な報酬って事なのかな？

一応港の主を釣ったって事の報酬な訳だし……成長もするとは色々とそそられる逸品だ。

「いきなりクリア扱いになったんだけど……なんか主を釣ったとか判断されて……アナザークエストクリアって出ました」

「あ？　そうなのか？　そういや絆の嬢ちゃん。大きなニシンを釣ったって聞いたな」

「そうなの？　うわ！　ほんとすごーい！　ここのＮＰＣって主を釣ると進めるの？」

「アナザークエストって話だろ？　特殊クリア条件かもしれねえ！　いやぁ！　嬢ちゃん

を紹介して良かったぜ！」

「普通にクエストクリアするなら何が必要なのかしらね」

「うーん……俺が持っている一番高そうな魚だとビンナガマグロかな？」

と、俺はビンナガマグロをてりすに見せる。

「ちょっと貸してもらって良いかしら？」

「貸すのではなく、お礼として、どうぞ」

クエストを紹介してもらったし、お礼のつもりで渡しても損は少ない。

「私もここで詰まっていたのよねー」

てりすが俺からビンナガマグロを受け取ってＮＰＣに声を掛ける。

「あ、クリアできたわ。報酬は料理熟練度ね。それとお金かー……ま、良いか。はい」

てりすが俺に３０００セリンを渡してきた。

「ビンナガマグロがなくなっちゃったし、これで良い？」

「……お礼のつもりで渡したんだが」

「良いの良いの。好きに使っちゃって！　とにかく、まだまだクエストは続きそうだけど、ここで一旦終わりで良いわよ」

「そうみたいだな」

「ですね」

「んじゃ解散っと！　嬢ちゃん達もその料理を上手く使ってこれからの戦いを乗り越えたら良いと思うぜ」

「これからもがんばってね」

らるくとてりすはそう言って別れを切り出した。

「今日はありがとう」

「色々とクエストを紹介してくださりありがとうございました。あなた達のおかげで迅速にクリアできました」

「これもお互いさまってな。絆の嬢ちゃんの釣った魚は味が良いからよ。何か良い魚を仕入れたらまた売ってくれよ」

「やっぱり釣りをしている人から直接買った魚の方が料理した際の味が良くなるから！」

って感じで後味良くらるく達と俺達は別れて船に戻った。

「良い人達でしたね」

「そうだな。さて……じゃあ早速教えてもらった料理を作るかな。この料理で効率が良くなったら良いし」

「お願いします」

こうして手にした料理レシピで作れるスズキのフライは元より、魔力上昇効果のあるスズキのバターホイル焼きなんかが効果的に使える料理としてこれからの戦いに役立ちそうだった。

†

俺達の動向とは余所《よそ》に世界は実にゆっくり時を刻んだ。

無論、三日後に備えて動く俺達にとっては、その緩やかな時間も無駄には出来ない。

まず硝子達と合流を果たした俺は、それまでに得た情報を共有し、逐一連絡しながら様々な方面で現状把握に尽力した。

例に挙げられるものでは、アルトから特設マップの場所を得たり、ロミナからパーティー全員の武器を作成してもらって装備を一新した。海の装備だからか青に近い色彩の防具が多く、鳥系も混ざったふわふわな感じも多い。

そして特設マップの調査もした。他のパーティーなど情報は出尽くしていたが、このゲームは自分の目で見ておく事が重要だ。なので一度四人で調べた。

場所は第一都市から第二都市の間。

元は大きな壁のあった場所なのだが、そこがぱっかり開いて道になっていた。

ディメンションウェーブの影響で道が出来たらしい。そのマップに入ると遠目ながら、黒い次元の裂け目を見る事が出来る。

だが、そのマップには現状モンスター一匹存在しない。

その為、そこがどの様な形状をしたマップなのか調べる事は容易だった。

地形は緩やかな段差こそあるが比較的平地。道は山を二つ挟んだ真ん中、右側、左側と三方向ある。

その三方向はヒビの方角でも道が集約している。憶測だが、大規模攻防戦になった場合、敵が三方向から来る、と思われる。逆にプレイヤーが三方向から攻めるというのも無難な線か。特設マップである理由は他にもある。

まずマップ会話が存在する。

基本的にはチャットを除けば現実と同様、どんなに大きな声を出しても近くの人にしか声は届かない。

ともあれ、各都市を見るに潜在的にディメンションウェーブに参加を決めている奴は相当数いる。特に現在は、武器防具、アイテムなどの売買が盛んだ。

アルトもロミナも大変そうにしていた。

その中で様々な情報を与えてくれた二人には感謝の言葉が尽きない。

ただ、具体的な参加人数が不透明な事を含め、沢山の人が参加する戦場は混迷を極めると推測できる。中には作戦だの、計略だの話していた前線組もいたが、人数的に統率は不可能だろう。

というのもマップそのものが相当広い。

プレイヤー人口を具体的に把握している訳ではないので迂闊《うかつ》な事は言えないが、千人位なら簡単に収まってしまう程度には広かった。故に調査にも限界はある。

こうして紡や姉さんに解体アイテムを譲ったり、アルトやロミナに売ったりする内に二日が過ぎていた。

†

「今日が三日目だが、相変わらず変化なしか」

装備などの準備を一応に終えた俺達は特設マップに来ていた。

辺りは大地の表面に絨毯《じゅうたん》の様な雪が積もり、空と同じ赤い雲が上空にあった。

次元の裂け目の黒いヒビは、この三日間まるで変化がない。

ゲームが始まってひと月目に何かあるとすれば今日なのだが……。

「……もしかしたら、他に何かあるのかも」

「目に見えるものだけが真実ではない場合もあるでござるしな」

「一理ありますね。ですが、それならば気付く方がおられるのではないですか？」

「タイトルにもなっているくらいだから個人クエストって事はないと思うが……」

半ば次元の裂け目を監視している俺達の緊張は最初こそ厳しかったが、既に何回、何時間とここに来ている影響で、緩くなり始めていた。

常に緊張しろとは言わないが、何も起こらないのでしょうがないとも言える。

俺達以外もそれは同じなのか、周囲——十二、十三程、監視役のパーティーがいるが、それ等皆が話しながら警戒に当たっている。中には眠そうにしている者もいるが、何時間ここにいるんだろうか。

話によるとロゼ達前線組の中には二十四時間体制で監視している所もあるそうだ。

どこのゲームでも凄《すご》いのがいるもんだな。

「一応再度確認しとくか」

「分かりました」

今日で何度目か分からないが装備やアイテムなどの確認は全員で定期的に行っている。

さて、俺も確認しないと。

ステータス、スキル、アイテムなどを確認していく。

名前／絆†エクシード　種族／魂人
エネルギー／92360　マナ／7800　セリン／46780
スキル／エネルギー生産力Ⅹ　マナ生産力Ⅶ　フィッシングマスタリーⅣ

解体マスタリーⅣ。
クレーバーⅢ　高速解体Ⅲ　船上戦闘Ⅳ　元素変換Ⅰ　料理技能Ⅱ

エネルギーが二週間前よりも随分と増えた。これも硝子達のおかげだ。

海のモンスターは強いがその分経験値も多い。最初こそ船上戦闘スキルが無かった事が原因で色々と困ったが慣れればかなり良い狩り場でもあった。

硝子なんて『船の上の方が、調子が良くなってきました』なんて言い出す始末だ。

慣れって怖いと思う。

らるく達のクエスト紹介で教わったレシピで作った料理を食べた所、効率が少し良くなったのは言うまでもない。

ちなみにスピリット三人組の中で俺のエネルギーが一番少ないのは今更か。

エネルギーに関しては特に闇影が多い。火力が増して殲滅《せんめつ》力が上がり、効率が上がるので文句は言わないが、あいつが使うスキルはドレインオンリーだからな。自然と増えていく。硝子は元々が前線組なので、基礎代謝が違う。

自然生産エネルギーと魔物を倒した際に増えるエネルギーの総合計で今の数字だ。

実情、増えた様に見えて俺が一番低いって感じだ。まあ俺のエネルギーが多くても解体武器だから、そんなに変わらないんだが。

勝手に回復するエネルギーの上限は思ったよりも低いらしい。上限解放とかあるのだろうか？

武器は一新こそしたが、今回は勇魚ノ太刀オンリーだ。作成アイテムの関係か未《いま》だに威力では上だったりする。何より包丁みたいな刃物が多い解体武器の中で一番大きいからな。乱戦が予想されるディメンションウェーブではこっちの方が良い。

ゲームが終わったらしばらく釣りをしに出掛けようかと考えてしまう。

「多分、今日だと思うから足りない物があると思ったら、今の内に取りに行くんだぞ」

「……さっき行った」

「自分は三回程行ったでござる！」

「それ自慢ならないからな」

相変わらずの俺達だった。

ちなみに俺は硝子が必要なアイテムの確認を取ってくれて忘れなかった。

硝子はきっちりしているので一度も戻っていない。個人的に凄《すご》いと思う。

いや、単に俺がアイテム欄に物を入れ過ぎなのかもしれないが……。

「次の確認だが、この手のイベントは人が密集するから大体はぐれる。はぐれた場合、各自に任せるって感じでいいか？」

「了解でござる」

今更だが作戦でもなんでもないな。

実際、今監視しているパーティーですら結構な人数だ。ディメンションウェーブというのがどの程度の難易度で設定されているかは不明だが、参加者数的に一方的な敗北って事はあり得ないだろう。

俺は既に何度目かは知らない準備が完了して黒いヒビへ視線を向ける。

相変わらず変化の無い姿に欠伸《あくび》すら沸いてくる始末。

「絆さん。少し気が緩み過ぎかと」

「こうも何も無いとな」

「そうですね。ですが今が耐えるべき時です」

「硝子は相変わらずだな……そういえば……」

先日、俺は硝子の元パーティーと思わしき奴等に遭遇した。

パーティー構成や装備の充実具合から強いのは確かだろうが、どうにも違和感が残る。

勝手だとは思うが、俺の中で硝子は清く正しい、悪く言えば説教臭い奴だと思っている。

その硝子があの手の輩と意気投合したというのは納得がいかない。

なんというのか、ああいう輩と遭遇したら説教とか始めそうな気がする。

「どうしました？」

「いや、単純に硝子の前のパーティーが気になってさ」

「あの方達ですか……」

「硝子の話じゃ、あんまり良い奴等じゃなかったんだろう？」

「いえ、最初は悪い方ではありませんでした」

「そうなのか？」

とてもじゃないが、そんな風には見えなかった。

こう、街のチンピラみたいな雰囲気というか。

「前線組と呼ばれ始めた頃からでしょうか、起こす行動が粗野になり始めたのです」

「……硝子には悪いが、ありがちな感じだな」

「そうですね。人として当たり前の事に目を向けない彼等に注意する事が日に日に増えていきまして……」

「ウザがられたと」

「はい。結局……彼等の事を、私の方が先に諦めてしまったんです」

それで現在あいつ等は絶賛有頂天状態って感じか……俺もそうならない様に注意したい。

強くなったり、金が増えたりすると心まで強くなった気がするからな。そうして誰かに諦められるのは……嫌だ。

「じゃあさ、もしも俺が道を誤ったら教えてくれないか?」

「絆さんがですか? 今まで絆さんは誰かの為に行動していたと思いますが」

「そう評価されるのは嬉しいが、俺も人間だからな。どこかで間違える事はある」

「……分かりました。今度は必ず正しい道に連れ戻します」

脊髄《せきずい》反射で言ってしまったが、ちょっと後悔気味だ。

硝子ってなんか聖人君子みたいな匂いがするので、あれこれ言われそうな……。

「……あれ?」

前方に変化がある。黒いヒビ——次元の裂け目が鈍く発光している。

既に硝子も気付いていて警戒態勢を取った。

やはり来たか。今日来るとは思っていたが、当たるとは。

「うわ⁉」

俺達よりも前方で陣取っていたパーティーからそんな声が響く。

直後、そのパーティー付近から土煙が上がった。

そして次元ノ骨という名のアンデッドモンスター、いわゆる人型の骸骨が現れた。

「……多いな」

前方に広がる光景——

　骨、骨。


　土煙から現れる次元ノ骨、そして多過ぎて分からない後続モンスター。

　さすがはディメンションウェーブ。多人数参加型イベントって感じだな。

「絆さん、一度後退をしてください！　私、闇影さん、しぇりるさんで防ぎますから」

「おう！　あれ？　俺は？」

「……絆はリーダー、報告と援軍要請」

「そういえば何故か俺がリーダーでしたね！」

　あれ？　闇影は……ってもうドレインの詠唱してやがる。ドレインは中距離スキルなので初発としてはありだがな。

　しかしアンデッドにドレインって効くのか？

「分かった。一度、後退して報告してくる！　無理せずに後退も考えろよ！」

「分かりました！」

「ん」

二人の声を耳に、後方へ走りながらメニューカーソルからチャットを選択したのだった。

十三話　防衛戦

「ああ、だからそっちでもイベントが始まった事を伝達して欲しい」

「分かったよ。絆、儲《もう》け話になる事を祈っているよ」

「そっちこそしっかり稼げよ。じゃあ切るな」

俺はアルトとのチャットを終了させると硝子達のいる前方を眺める。

既に三人はモンスターと対峙《たいじ》しており、戦いは激化しつつある。

監視していた他パーティーも参戦して、さながら戦場の様相を呈している。

援軍は紡、姉さん、アルトと各方面に要請してある。もう少し待てば大軍でやってくる事だろう。

『だから突然敵が沸いてんだ！　援軍をくれ！』

『こっちもそれどころじゃねぇよ！』

……マップチャットは突然の事態に先程からこんな感じだ。

少なくとも罵《のの》り合いというか、混乱していて会話できる状況にない。

だから援軍要請も終わった今、俺は前で戦っている仲間の所へ行くべきだ。

勇魚ノ太刀を握り、走り出す。

『動揺するでない！』

マップチャットに響く大きな怒声。

あまりに大きいので前方へ込めた足の力が緩んでしまった程だ。その声を聞いた連中は気迫の様なものを感じて沈黙。こういう所は、やはりVRゲームだと思う。パソコンのオンラインゲームだと誰かが注意しても会話が垂れ流しだからな。

『皆援軍を募ったと思う。今より我等が任は彼等が来るまで如何《いか》に耐えるかじゃ！』

確かに、言っている事は間違いない。前方のモンスターを確認する。

とてもじゃないが、現状の味方で人が足りているとは思えない。

『これより防衛線を引く、各地のパーティーリーダーは地図上で縦にA～E、横に1～6として場所を示し状況を逐一報告。現状を自軍全体で把握するのじゃ！』

そういえばこのマップの地図表示は縦と横に英数字が振られている。

A

B

C
D
E
1
2
3
4
5
6

これで現在の状況を把握するのは確かに分かりやすい。

『まずは言い出しっぺから言おう。Cの3、中央じゃ。小山から敵の大群と敵後方に黒い塔が建造されているのが見える！』

黒い塔、か。おそらく俺達プレイヤーが破壊しなければいけないモニュメントだろう。

まあ現状、敵が多過ぎて不可能に近いが、援軍さえ来れば可能か。

よし！　この人の防衛作戦、乗った。

俺は出来得る限りの声を出す為に息を吸い込む。

『こちらBの5、右側だ。敵と交戦中！　援軍報告は完了している！』

俺の声を皮切りに随所から現在状況が報告される。

敵は三方向全てに沸いており、各所で戦闘になっているらしい。

現状では援軍が来るまで援軍の出し合いは不可能、このまま耐えるしかない。

『援軍も無能ではあるまい。すぐに来る！　それまで耐えるのじゃ！』

そんな声を随時発している。

報告は終わった。当初の予定通り戦線復帰する。報告なら戦闘中でも可能だしな。

走って進むと戦闘状態になっている闇影が見えた。あいつは俺達のパーティーの後衛だからな。当然か。

そのまま走りながら喋《しゃべ》る。

「クレーバー！　援軍が来るまで防衛する事になった。皆、死なない様にしろよ！」

「分かりました！」

「承知でござる！」

「……ん」

スキルを叫んで勇魚ノ太刀を次元ノ骨に当てていく。

厳しい戦況だが、不可能じゃない。

それに周りには俺達以外にも前線組だっている。簡単には負けないはずだ。

「絆さん、範囲攻撃を重点的に使うと良いはずです」

「あの大軍だしな。まあ俺は個別スキルしかないんだけどさ」

解体武器の初級スキル、クレーバーは単体攻撃スキルだ。

幸い骨とは相性が良さそうだがこの大軍が一匹減った所で焼け石に水。無論、その一匹を倒すのも重要だが。まだ範囲攻撃云々《うんぬん》は報告に上がってなかったな。

『敵の数が多い。範囲攻撃を中心に置いた方が良い！』

状況から理解している奴も多いだろうが、再三確認するのに越した事は無い。

「高速解体……クレーバー！」

二つのスキルを立て続けに使用する。

高速解体は身体が少し軽くなるからな。支援スキルとして使った。

自分達に少しでも有利にさせる為なら、なんでも使う。少なくとも援軍が来るまでは。

「絆さん、スキルの乱発は――」

「敵からの経験値で元は取れる。今は一匹でも多く仕留めるのが先だ！」

「理に適っています。では私も……乱舞二ノ型・広咲！」

これが俺達スピリット最大の長所だ。

敵を倒して得られるエネルギーがマイナスになったとしても無限にスキルを使い続ける事が出来る。たとえ一発の威力が種族的に低くても乱発すれば上回る。

次元ノ骨は倒したその場からぞろぞろと行軍してくるが、それでも倒しまくればいい。

「弓持ちは撃って撃って、撃ちまくれ！」

戦場内の誰かが言った。あれだけの数だ。撃てば撃っただけ命中する。

後方をチラ見すると弓スキル持ちは徒党を組んでスキルを叫びまくっている。

以前姉さんが言っていた、パーティーでは味方に当たる様な範囲スキルでも俺達を飛び越えた矢が大群の中に吸い込まれていく。

骸骨である奴等に突属性攻撃は効き辛いが、それでも効果は確実にある。現に少し敵の進軍速度が減少した。攻撃命中による移動速度減少って所だろうか……彼等に負けていられない。

「クレーバー！」

「……トグリング」

しぇりるも半製造ながら戦っている。

スキルはこの一週間で出た二番目の攻撃スキル、トグリングを使った。

貫通属性であり、本来であれば魚系モンスターと相性の良いスキルだ。

それでも前方向に貫通のあるこのスキルは敵を三匹は貫ける。

「自分は必殺忍法で行くでござる！」

「何が必殺忍法だ。どうせドレインだろ！」

「違うでござる」

「……なに？」

闇影といえばドレインしか使わない。

俺達の中では火力を担っているが、きっと別のパーティーではゴミ扱いされそう。

その闇影が他のスキルを使うのか？　エネルギー的に威力は高そうだぞ。

次元ノ骨をなぎ倒しながらワクワクしていると闇影の詠唱が完了する。

「サークルドレインでござる！」

「…………………………どっちみちドレインじゃねーか！」

地面に巨大な円が描かれ黒紫色のエフェクトが次元ノ骨に喰らい付く、そしてドレインと似た様な色の緑の玉……普通のドレインより大きい玉が闇影に吸い込まれていった。

しかも微妙に範囲が広くて一度に十匹程命中した。

ここ以外で使いそうにない、範囲吸収かよ。闇影のドレインはあれで性能が高いからな。

「言いたい事はあるが、今は使いまくれ！」

「当然でござる！」

それでも敵は一向に減らない。単純にこちらの数が足りていない。

これはどう見ても多人数参加型大規模戦闘。当たり前といえば当たり前か。

「ちいっ！」

不用意にスキルを使いまくっていたら、隙を突かれて四回攻撃を受けた。

合計470ダメージ。

一発一発のダメージこそ少ないが、これは囲まれたらあっという間に削られる。

「絆さん！　乱舞三ノ型・桜花！」

「助かる！　クレーバー！」

扇子のスキルは範囲攻撃が多い。今みたいな大規模戦闘にはうってつけの状況だ。

現に硝子のスキルで敵五匹が一度に倒れた。

今まで使ったエネルギーが回復して、少し上回っている。

だが、それでも攻撃を受けたら意味がない。硝子の援護が入ってどうにか五回目の攻撃を受けずに済んだが、これは厳しい。

「絆さん、少し後退しましょう。私達は孤立しかけています」

「くっ！　了解した」

落ち着いて周囲を確認すると硝子の言葉通り、俺達は敵を防ぎ過ぎて孤立している。スキル使い放題なのは長所だが、前と横から一度に攻撃を受けたら防ぎようがない。

俺達は横の敵を攻撃しながら後退を始めた。

†

『皆の者。援軍がポツポツと来ておる。ここが正念場じゃ！』

あれから俺達は戦線を維持しながら少しずつ後退を重ね、結局現在Dの4まで後退してしまっていた。

この辺りは道が狭くなっているので防衛には適しているが、厳しい事実は変わらない。

更に敵の種類が増えた。

次元ノ骨。次元ノ尖兵《せんぺい》。次元ノ弓兵。

これに伴って今まで魔法や弓で一方的に攻撃できていた状況が一変した。

尖兵は槍《やり》を持っており、隙が少なく攻撃力が骨より高い。

弓兵は遠距離攻撃なので後衛に攻撃を当ててくる。実に厳しい状況が続いている。

当然こっちだって一方的に押されている訳ではなく、援軍が少しずつ来ている。そのおかげもあって戦線崩壊だけはどうにか免れていた。

「ＭＰが回復した奴からスキルを使い続けるんだ。特に弓と魔法は回復を重視してくれ！」

俺達と同じくずっと防衛しているパーティーのリーダーが叫ぶ。

弓も魔法も範囲攻撃が有効打となるので戦線維持には欠かせない。

若干闇影が空気読めない奴っぽく見られているが、しょうがない。

あれでもドレインにだけスキルを振っている分、ドレインにしては威力が出るんだぞ。

ドレインにしてはな！

しかし、このままでは防衛線が崩壊するのも時間の問題だ。既に何名か敵軍の餌食にあって死んでしまい復帰ポイントへ強制転移されてしまった。

おそらくDの4は右側最後の砦だ。ここを落とされれば取り戻すのは容易ではなくなる。

「絆さん。決定打を撃たれる前に対策を取りましょう」

「丁度俺もそれを考えていた所だ。だが、具体的な手段が無い」

「それなら私が敵軍の先端を押し広げます」

「おいおい、無茶言うなよ」

「無茶ではありません。スキルの乱発の効く私達なら可能なはずです」

確かに現状自軍がMP不足で困っている中、俺達スピリットは種族柄困っていない。

闇影が未《いま》だにサークルドレインを唱え続けられるのもスピリット故だろう。

現に今魔法スキル持ちの多くは安全地帯まで後退して回復している。

今回の戦いで気付いたがスピリットは持続力もある。

無論、エネルギーを回復させてくれる存在が自分から突っ込んでくるのも大きい。

言葉を待っている硝子の目を見る。瞳は決意で燃えていた。

……硝子ならそう言うんじゃないかって何となく分かっていた自分が嬉しい。

「エネルギー全損の可能性もあるんだぞ？」

「覚悟の上です」

「分かった。俺も行こう」

「絆さん？」

「さっき言った話、追加するな」

「はい？」

「硝子が間違えたら俺が間違いを正す」

呆気《あっけ》に取られた表情をした硝子。そんなに俺の言葉が意外だったか……。

「あの大軍に一人で行くとか、どう考えても間違ってるからな」

「……そうですね。では、共に参りましょう」

微笑んだ硝子と共に俺は立ち上がり宣言する。

「こちらスピリットペアだ。種族的にスキルを撃ち続ける事が出来る。敵軍の先端を押し広げてみる」

「はぁ⁉　あんた等死に行くつもりか！」

「その考えで良い。ＨＰの高い壁程度に考えてくれ！」

心配する者の声をバックに勇魚ノ太刀を強く握り締めて走り始める。

現在の俺達を見てスピリットの分際で、と思っている奴も多いだろう。

その通りスピリット程度なのかもしれない。だが、これ程スピリットが活躍できる場面はそうあるまい。今は自分に出来る事をするのみだ。

「硝子はある程度チャージが必要だろう。こっちでもなんとか時間を稼ぐ。スキルを連打すれば多少は行けるだろう。硝子は相手を沢山巻き込める様にスキルを使うんだ」

「分かりました。ある程度のダメージは覚悟を持って行きましょう！」

「おう！　高速解体」

あれだけ数がいるんだ。今までみたいに掠《かす》り傷で済むとは思っていない。

何より弓兵がいるのだから遠距離攻撃も数えられない数が飛んでくる。

それでも俺達はスピリット。ＨＰの高さとスキル乱発だけは誰にも負けない。

「接触します。乱舞三ノ型・桜花！　充填！」

待機中ずっとチャージしていた扇子スキルが敵を一閃《いっせん》した。

大凡《おおよそ》十匹程の敵が崩れ、屍を乗り越える様に敵が現れる。

「クレーバー！　クレーバー！」

立て続けにクレーバーを使い、赤エフェクトが途切れる事なく敵をなぎ倒す。

クレーバーは元々骨などと相性が良いのが今回に限り良い方向に転んだ。連続でスキルを使わないと敵を倒せない程度のダメージだが効いている。

「クレーバー！　クレーバー！　クレーバー！　クレーバー！」

回転するかの様にスキルに掛かる遠心力を加速させる。

隙を、物理ディレイを一秒でも多く減らす。

「乱舞二ノ型・広咲！　充填！」

当てる事を重視しているのか硝子は最低チャージ時間で攻撃する。

無論チャージ時間の関係か一度では倒れない。その敵にそのまま攻撃を繰り出し、仕留めていく。一撃で倒せないなら攻撃を繰り返せば良いだけってやつか。

「絆殿！　サークルドレイン！」

闇影の援護が飛んでくる。敵軍の足元に円が浮かび、ドレインを命中させる。

既に弓や魔法でダメージが入っていたのか何匹か倒れた。

その後方には未《いま》だ敵がうじゃうじゃいるが、一瞬でも動きが鈍れば良い。

「……トグリング」

再度クレーバーを使う直後、俺の狙った敵にしぇりるが攻撃する。

闇影のドレインを受けていた影響か串刺しにした三匹が同時に倒れた。

「闇影さん、しぇりるさん……」

「お前等な～」

「……仲間ハズレはダメ」

無表情の代わりに胸にあるマリンブルーの宝石が煌《きらめ》いた。

お前少年マンガのライバルキャラかっつーの。若干死亡フラグ立っている気もする。

だがこの四人なら、もしかしたら行けるかもしれない！

「本当にやばくなったら後退するんだからな！　クレーバー！」

「……分かってる。フルハープン」

剣戟《けんげき》、矢、魔法が飛び交う戦場の中、俺達四人は孤立している。

効率で考えれば、何やっているんだろう、とも思う。

それでもパーティー四人で何かをしている事が楽しいと思った。

ディメンションウェーブとかいう邪魔が入ったから断念しているが、俺達なら海を越えられる。純粋にそう断言できる。

ゲームとはいえ、こんな大群相手にやってくる大馬鹿どもなのだから。

「退路、敵で埋まったでござる！」

「くそっ！　言った傍から後退不可かよ」

振り返ると、俺達に円を描く形で囲まれている。

敵行軍を遅らせる事は出来ているがこちらの退路が断たれた。

「四面楚歌でござるな」

「そういうお前は、なんで俺達の傍にいるんだよ」

「自分、絆殿の影でござる故」

「……そういえばそんな設定あったな」

「設定とは酷《ひど》いでござる！」

そんな設定でも嬉しいと思うのだから俺も単純だな。

……口にすると調子に乗りそうなので言わないが。

「さて、賭けでもしようぜ」

まるで何かの戦記モノみたいで燃える。

絶対今、変な脳汁出ているよな。エンドルフィン的なやつ。

「賭けですか？」

「そうだ。俺達がどれ位持つかの賭けだ」

「……それじゃあ賭けにならない。生き残るから」

「然様《さよう》でござるな」

「全員生き残りかよ……」

「全額」

「全額でござる」

「なるほど、そういう意味ですか。では私も全額で」

「じゃあ俺だけ全員死ぬにいち……なんでもありません、生き残るに全額賭けます」

冗談の通じない奴等だ。一瞬視線だけで殺されるかと思った。

こいつ等はほんの一ヶ月で殺気でも放てる様になったんじゃないか？

いや、ゲーム的な殺気だが……にしても普段アレだけボケておきながら俺のボケは封殺とか。まあ空気読めない自覚はあるけどさ。

「じゃあ、エネルギーをこいつ等に奪われるのは癪《しゃく》だ。全部ぶつける勢いで行くか」

「はい！」

「了解でござる」

「ん」

エネルギー全損は痛いが戦闘自体が面白いので良しとしよう。効率だけで語れない事だってゲームには沢山ある。計算式は超えていないからスキルは無くならないしな。

決意して突撃しようと思った直後。

「すっごーい！　私もスピリットにすれば良かったな～」

そんな聞き慣れた声が響いた。

「……紡？」

敵を飛び越えるかの様にやってくる我が妹。

ゲーム内ネーム、紡†エクシード。

その姿は漆黒のミドルアーマーにサークレットの様な兜《かぶと》からはみ出るケモノ耳。

そして巨大な鎌。大鎌って……確か、長所は——。

「遅れてごめんね、絆お兄ちゃん！　これからこっちの反撃だよ！　死の舞踏《デスステップ》！」

スキル発動と共に四連続の斬撃が響く。それと同時に敵が何十匹と崩れた。

鎌の長所は――高威力物理範囲攻撃。

……賭け、全額賭けといて正解だったな。

紡……援軍の到着によって戦況は一気に引っ繰り返っていた。

元々の戦力不足が解消されたのが大きい。人気のある魔法や弓スキル持ちが多く、普段は使えない範囲攻撃を重点的に使えるのは、ある種お祭り状態にも近い。

『敵の種類がまた増えたぞ！』

それで尚、支配権を完全には奪っていない所を見るに難易度は絶妙と言える。

異論はあると思うが、俺は対戦ゲームなんかで自分と敵が同じ位の接戦が一番燃える。どちらかが一方的に相手を蹂躙《じゅうりん》するのはやるのも、やられるのもつまらない。そういう意味では、この難易度は丁度良いと思った。

さながら攻防戦とでも表現したくなる位、自軍と敵軍の状態は拮抗していた。

「……はぐれたな」

しかし援軍の到着によって同時に戦場は混迷を極めていた。

金属の剣戟《けんげき》が響き、矢の風斬り音が止めどなく流れ、魔法による爆発が逐一起こる。

人々の怒声と断末魔、そして押せよ押せよと攻め続ける足音。

そんな様々なものが入り混じった場所で、はぐれてしまうのは予想できていた。

予想通りとはいえ今頃硝子達は何しているやら。おそらくは戦っているんだろうけど。

『こちらAの６！　中央から塔に接近した！』

上がる歓声に右側である俺達の侵攻も強くなり敵を打ち破っていく。

現在Bの５にある十字路、集約地点に到着して、我先にと禍々《まがまが》しい黒い塔に急いでいる。

その道に残るは骨の残骸、追加で沸いてきた次元ノ獣や次元ノ甲虫といったモンスターの死体ばかりだ。

塔を仰ぎ見る。まるで砂糖に群がる蟻《あり》の如《ごと》く……とでも表現するか。

仮にあの塔を破壊すればプレイヤー側の勝利と言うなら俺の戦いはここで終わりだろう。突然敵軍が沸いた時はどうしたものかと慌てたが、もう勝った様なものだ。

適当に帰る準備でもして、明日は船旅と行けばいい。

エネルギーが徐々に増えている所から推測すると、どこかで硝子達がまだ戦っているのだろう。

「もう塔破壊か、予想より早い……な？」

何度目か分からないので、それ程驚きは少なかったが黒い塔が崩れると同時に黒紫色の禍々しい粒子が塔を中心に出現して爆発した。

塔の辺りに群がっていたプレイヤーは直接爆撃を受けた所為《せい》かダメージによって死んだ

者までいる。土煙が上がってよく見えないが、ボスモンスターでも出現するのだろう。

『こちらAの6！　塔が爆発して、中からモンスターが……うわああ！』

マップ会話に断末魔が響く。

来たか。予想通りというか、王道だけど中々に燃える展開だ。

『腕……？　何かの腕が裂け目から出てくる』

土煙が飛散して現れた黒い体毛と鋭い爪の付いたモンスターの大きな片腕が振られる。その攻撃進路にいた何名かが吹き飛び、防御できなかった者から倒れていく。

リザードマンダークナイトよりは確実に強そうだな。

まあ比べるのも失礼だと思うが……しかしあんなガチガチな防御装備の奴が死ぬとか。

俺が攻撃を受けたら何ダメージ受けるんだろうか。

軽く見積もって３０００か、あるいは５０００か。少なくともそれ位は受けそうな気がする。

出現に制限時間でもあるのだろう。次元の裂け目をバチバチと電気みたいな音を立ててこじ開けようとしているのが見えた。

『至近距離では分が悪い！　遠距離攻撃を当てるのじゃ！』

既にそれは実践されており、矢や魔法が一斉射撃と言わんばかりに放たれている。やらなければならないが、ダメージは低そうだ。

お、前衛が後衛の攻撃に任せて撤退する中、何人かが攻撃を止めずに続けている。

「……やると思った」

硝子と紡がその中に含まれていた。

どちらかと言えば硝子の扇子は範囲攻撃で攻撃力はそこまで高くない。

ただし武器単体のウェイトは全体でも一、二位を競う程軽く設定されている。その為、回避に重点を置いた衣服系と最大にマッチした装備だ。

そんな長所を最大限に活かして腕の攻撃を飛んだり跳ねたりしながら回避していく。

もう片方……紡の大鎌もまた範囲攻撃だ。

詳しくは又聞きでしかないが、通常攻撃も範囲攻撃に属しており、敵が沢山沸く場所での乱獲狩りなどと非常に相性が良いと聞いた事がある。

逆に単体へのダメージは他の武器に劣り、武器が重いのでスピードが落ちる。

そして最大の短所としてスキル一発に消費するＭＰが非常に高い事。だから燃費が悪い武器だと聞いた。

「この流れだと俺もあっち行かなきゃダメなんだろうな」

目立つ硝子の和服は闇影としぇりるを引き寄せるだろう。

そんな中俺だけはぐれたフリをしていたら後でなんて言われるか分かったものじゃない。しょうがない、あそこに行くか！

俺は弓を構えている後衛達を余所《よそ》に最前線へ急ぐ。

いや、待て。あいつに近付くなら何か対策が必要だ。

悔しいが俺には硝子や紡の様なプレイヤースキルはない。なにかしらの手段がなければ手伝うどころか、邪魔をしてしまうだろう。

何か……何かないか。

名前／絆†エクシード　種族／魂人
エネルギー／67720　マナ／8100　セリン／46780
スキル／エネルギー生産力Ⅹ　マナ生産力Ⅶ　フィッシングマスタリーⅣ
解体マスタリーⅣ
クレーバーⅢ　高速解体Ⅲ　船上戦闘Ⅳ　元素変換Ⅰ

ヘイト&ルアーⅠ。

釣竿《つりざお》を使った初級補助攻撃スキル。

ルアーや釣り針に魚やモンスターのヘイトを上昇させる効果を付与した攻撃を打ち出す。

一回使用する毎に50エネルギーを消費する。

取得に必要なマナ100。
取得条件、釣竿《つりざお》によるモンスターの討伐数が一匹を超える。
ランクアップ条件、釣竿によるモンスターの討伐数が十匹を超える。

なんだ、このスキル？　というかいつ俺が釣竿でモンスターを倒した？　海での一週間、度々釣りをしていたのは事実だが、まるで記憶にない。

しかしヘイトね。敵からの攻撃を自身に集中させるって効果だったか。

釣竿は攻撃に使った場合遠距離攻撃扱いになるので相性は良いのか？　いや、俺は衣服系の防具だから普通に相性が悪いぞ。

魚に効くという事は釣りで釣れる確率が上がるとかだろうか。今度実験しよう。何に使うか分からないが釣りスキルであるなら取得しておこう。

って、今はあの腕だろ！　なんていうか俺、釣り好き過ぎだろう……少し自重しようと心の底から思った。

「ごめん！　止められない！」

紡のそんな声が聞こえて顔を上げる。ステータス画面から視線を敵に戻すと次元の裂け目がぱっかりと開いて腕から先が現れ始めていた。

全長プレイヤー五人分にも匹敵する巨体は漆黒の体毛が生え、ギロリと光る深紅の眼。

そして一番の特徴は頭が三つある事だ。

ケルベロス？　マンガなどで見た事のある犬……『地獄の門番』だったか。そんな感じの巨大な三頭獣が現れた。

「うわっと！」

三つの頭の一つがこちらに向かって黒い火を吐いてきた。

「うわあああああ!?」

俺が直接狙われていた訳ではないのでギリギリの所で避けられたが、振り返ると弓部隊が半壊していた。

ゲーム的には第二形態とでも表現すればいいのか。ああいう、攻撃パターンが変化するタイプ、ゲームではよくいるよな。

そんな中でも硝子と紡は、ケルベロスの腕や口を避けながら攻撃している。

……今、振るわれたケルベロスの腕を足場にジャンプしたが、どうやってやるんだ？

ゲームとはいえ人間離れし過ぎだろう……。

『……皆の者、悪いが凶報じゃ。ボスの出現と同時に死に戻りが出来なくなった』

その言葉を聞いて振り返る。

見ると特設マップの入り口が黒いエフェクトを伴っていた。

以降は死んだら戻ってくれないって事か。

まあスピリットは死んだら戻るとか戻らないとか以前の問題だが。だが、他種族にとって復帰不可は痛い。何より敵の攻撃力は異常に高い。

全身鎧《よろい》の重装甲装備の盾持ちがどうにか防げる程の敵だ。

現在、硝子や紡、他数名がケルベロスに取り付いて攻撃しているが、それが不可能な奴等は包囲網を張って矢と魔法を放っている。

あの黒い炎は盾持ちが味方を庇《かば》う事で戦況を維持している。

「お前等、矢と魔法の準備が出来た。一度退避してくれ！」

「乱舞一ノ型・連撃！　こちらで避けます。そのまま撃ってください！」

「だよ〜！」

雨みたいに飛んでくる矢と魔法を避けるってお前等は何者だよ。

いや、それくらい出来ないと廃プレイヤーとは言えないのか？

そういえば紡の奴、以前外国産のＦＰＳで視認もせずにスナイパーライフルをヘッドショットさせていたな。

それと同じく空間把握能力でもあるのかもしれない。

生憎《あいにく》と俺はそこまで極めていないが。

避け切れないと思ったプレイヤーが退避を始め、硝子と紡だけがケルベロスに張り付いたまま攻撃を繰り返していた。

実際、誰かがケルベロスの注意を引いていないといけないのか。

そんな中、硝子達は本当に矢と魔法を左右上下、ケルベロスを盾にして回避。

思ったんだが、硝子が俺達と海で戦っているのは場違いなんじゃなかろうか。

そうした攻防が五分程続き――ケルベロスの腕が紡に振り下ろされる。

当然紙一重で避けるのだろう、そう俺が確信した直後。紡が、ジャンプに失敗した。

「あ……MP切れ」

一言そう呟《つぶや》き、ケルベロスの腕が隙を晒《さら》した紡に――には振り下ろされなかった。

「前々から思っていたんだが、俺ってまさかシスコン……?」

ジャンプに失敗した直後には俺の身体は動いていた。

勇魚ノ太刀を使って防御体勢で受け止め、後方に吹き飛ぶ。

ケルベロスの凶腕から妹を救う、と行きたかったが生憎と俺の腕前では壁になる事位しか出来なかった。

「痛っ……たった一発受けただけで5000ってなんだよ!」

防御体勢で受け止めたケルベロスの攻撃は俺が衣服系防具である事を含めても高過ぎた。そのダメージの高さから実際に痛い訳でもないのに表情を歪《ゆが》めてしまった程だ。

にしても5000ダメージか。

他のオンラインゲームでも大規模イベントのボスは総じて攻撃力が高いもんだが、これはプレイヤーキルをしてボスの強さとディメンションウェーブを印象付けるのが目的か。

ともあれ、ここまで大きなダメージを与えられて、尚且《なおか》つ死に戻り不可となると、こいつで最後だな。

そう決断付けた所でケルベロスに向き直る。

このままここにいると危険だ。既にケルベロスが再度攻撃する動作を取っている。

「紡！　ＭＰが切れたなら一度下がるぞ！」

「う、うん！」

「硝子、悪いがしばらく頼む！」

「分かりました！　……絆さん」

「なんだ？」

「かっこよかったですよ」

「……ほっとけ」

戦線から一度撤退しながら呟《つぶや》く。

いや、まあ自分でも上手く行った自覚はあるけどさ。

女の子にかっこいいとか言われるのは恥ずかしいじゃないか。

「絆お兄ちゃん……」

「ん？」

味方の盾持ちより後方に移動すると紡が俺に話しかけてきた。

重い大鎌とミドルアーマーの割に避けていたのかダメージは無さそうだ。

「どうして私を助けてくれたの？」

「紡が戦力として必要……ていうのは建前か」

「だね」

「俺がお前の兄貴だからじゃないか？」

多分、他の奴だったら……仲間三人は除く――身代わりにはならなかっただろう。

誰も彼も助けるお人好しじゃないからな、俺は。

「でも、スピリットは……」

「なに気にしてるんだよ。５０００程度、あってないような……いや、そうでもないけど……経験値的には結構……違う！」

最後までかっこ良く決めようと思ったが計算してみると結構厳しい。

だけどゲームって、そういうんじゃないだろ。

効率だけじゃないっていうか、無駄に溜り場で会話に花を咲かせて、狩りもせず一夜を明かした虚無感みたいのはあるけど、それが無駄とは言いたくないというか。

なんというのか、俺がスピリットだからこそ死なせたくなかったというか。

「そう！　スピリットは仲間を決して犠牲にしない！」

エネルギーを失った時の痛みを知っているからこそ誰かを犠牲にしたりしない。

その時に出来る最善を模索して、現状を打破する。

それが俺達スピリットだ！　結構ノリで口にした言葉だが、良いんじゃないか？

「絆殿……」

「ゲ！」

自分に言い訳していたら、いつの間にか闇影が近くに来ていた。

きっと先程の光景を目撃したのだろう。

つまり、今咄嗟《とっさ》に口にした言葉も聞かれたという事に……やべぇ。凄《すご》い恥ずかしい。

「絆殿……自分、絆殿のお言葉にとても感銘を受けたでござる！」

「は？　はぁ……？」

疑問系の声をつい二度も洩《も》らしてしまった。

というか一瞬、こいつが何を言っているのか分からなかった。

「絆殿がお気持ちを見せた以上、自分も返す所存でござる」

「……それで？」

「妹君を一度我等がパーティーに入れる事は出来ぬでござるか？」

パーティー？　何か支援スキルでも使うのか？

支援スキルの中には対象が自分だけ、無差別、パーティーメンバーのみ、と様々な種類がある。俺が使っている高速解体などは自分にしか掛けられないタイプだ。

「紡、出来るか？」

「うん。出来ると思う」

「じゃあロゼもこの戦場にいるだろう。リーダー会話で一報入れとく」

現状一匹のモンスターに対して数え切れない人数が集中している。

この中からロゼを見つけ出すのは不可能だが、リーダー会話を使えば可能だ。

『戦場内にいるロゼットに告げる！　紡を借りるぞ！』

大きな声で叫ぶと現状報告の誰かが返事をした。

おそらくロゼで間違いないだろう。すぐに俺はカーソルメニューからパーティーの項目を表示させて、紡にパーティーを要請した。


――紡†エクシードさんをパーティーに招待しました。


「闇影、言われた通りパーティーに入れたぞ」

「では、先程取得したスキルを使うでござる」

そう言うと闇影はいつもの様にスキルを詠唱する。

ドレインと比べると詠唱時間は短く、すぐに完了した。

「エネルギーコンバーターでござる！」

スキルを叫ぶと闇影から放たれた青白い魂の様なものが紡に吸い込まれる。

正直、闇影がドレイン以外のスキルを使っている事に違和感を覚えつつ、紡が不思議そうな表情で闇影を眺めた。

「ＭＰ回復？」

「スピリット固有スキルでござる。自身のエネルギーをパーティーメンバーに転移させる事が出来るのでござる」

「スピリット以外ならＨＰとＭＰ回復って事か」

「その通りでござる」

中々に便利なスキルだ。

しかし闇影だけ何故、そのスピリット固有スキルとやらが取得できたのか。

スキル構成談義などでも硝子達からそういったスキル名を聞いた事がないので、習得条件が相当厳しい可能性がある。

「そのスキル、習得条件なんだ？」

「総獲得エネルギー量が１００万を超えるでござる」

「……なんだって？」

総獲得エネルギーという事はゲームが始まってから手に入れたエネルギーの事だろう。

そのエネルギー量が100万を超える。条件としては比較的に緩い。

時間と共にエネルギーが増えるスピリットなら最終的には項目が出現する。

スピリット専用という分類でいえば元素変換に近いスキル、だろうな。

だが、ゲームが始まって一ヶ月で100万となると相当難しいはずだ。

しかしながら闇影は俺達と出会うまでの二週間マイナス毎時3000のドレインでプラスにするという日々を送っていたはず。以降も常にドレインを使っていた事から習得できた、という事か。

「だけど良いのか？　消費量は知らないが」

「自分、絆殿の言葉に感銘を受けた故、問題ないでござる。それに今までエネルギーを必要以上にもらっていたでござる。多少放出する事に躊躇《ためら》いは無いでござる」

「……分かった。頼む」

「承知でござる！」

闇影はもう一度エネルギーコンバーターを詠唱する。

紡のMPを聞くに五回の使用が必要だそうだ。これで紡の戦線復帰は相当早くなったはず。当の紡は三回受けたあたりで復帰を申し出る。

「もう大丈夫だから行くね！」

「了解でござる。中距離からも可能でござる故、スキルを使いまくるでござる！」

「分かったよ。ありがとう、忍者ちゃん！」

そう言って笑顔を見せると紡はケルベロスの元へ飛んで行った。

ケルベロスの方向で硝子が紡の空けた部分を一人で補っている。

簡易的に攻撃パターンを分析するに、ケルベロスは三つの頭それぞれにＡＩが搭載されている。その証拠に攻撃が頭毎にターゲットを変えている。

確定は出来ないが、遠距離攻撃に対して反応するタイプが炎を吐く奴。

硝子が炎を吐きそうになったら顔へ打撃を与えるので炎の発射がズレる。

その直後、ケルベロスの右腕が硝子を襲う――――！　硝子は攻撃を避けず、右腕を真剣に見据え……。

「乱舞四ノ型・白羽返し！」

攻撃を扇子で受け止め、スキルの発動と同時に強烈な一撃がケルベロスに命中した。

……カウンタースキルってやつか。対戦ゲームなんかで度々見られる、敵の攻撃を受け止めるのが発動条件となる技。相手の攻撃を先読みしなければならないので扱うのは難しいが威力が高い。

あのスキルがどの程度の威力かは知らないが、多分強いだろう。

「ソウルサイス！」

そこに紡も参戦してケルベロスに攻撃を与える。

紡の攻撃は頭三つを同時に攻撃した。ダメージ判定が複数？

目算だが顔三つと身体って所か。もしかしたら腕なども入るかもしれない。

「くそっ！　ボスの攻撃が安定しない！　このままじゃ瓦解するぞ！」

盾役の誰かが叫んだ。

確かに参戦したばかりの紡を狙ったと思ったら、硝子にも攻撃が振るわれる。

そして定期的に自軍に飛んでくる炎や尻尾攻撃。

ボスのＡＩとしては正しいが、攻撃が一人に集中しないのは火力を担う弓や魔法スキル持ちには厳しい。弓はライトアーマー、魔法はローブ系という制限を受けるからな。どうしても防御力という面で厳しくなる。特に今はケルベロスの攻撃を受けたら致命傷だ。

あの三頭のうち、一頭でも狙いを釘付《くぎづ》けに出来れば……あるじゃないか！

「あの火を吐く頭のヘイトを稼いでみる！」

俺はアイテム欄に武器を仕舞うと人面樹の竿《さお》を取り出して叫んだ。

ぶっちゃけ、この戦場には似合わない平和な装備だよな。

弓部隊、盾部隊を越えると眼前では硝子と紡がアクロバットを繰り広げている。

遠くで見ていてもアレだが、近くだともはや曲芸だな。プレイヤースキル一つでここまで違うとは……。

「火を吐くのは真ん中だったな……」

くっ！　俺を狙ってくる奴は一頭もいないのにケルベロスの動きが激しくて狙いが定まらない。ともかく当てるだけ当ててみるか！

「ヘイト&ルアー！」

青色の発光を伴った錘《おもり》がコツンとケルベロスの頭に命中する。

おお！　派手なエフェクトが発生したぞ。釣り糸に付けていたルロロナのウキも輝いている。性能向上しているのは間違いなさそう。

ケルベロスが一発で俺の方を向いた。

ヘイトは蓄積型で、遠距離からの攻撃に反応する真ん中の頭は徐々に俺へ向ける時間が長くなってきた。

うわっ！　炎を吐き出そうとしてやがる。

弓部隊とは反対の方向へ頭を誘導する為、横にステップする。

炎にカスって当たった。１５００ダメージ。

硝子達の様に避けられれば良いんだが、俺にあんなアクロバットは出来ない。

だが、成果も大きい。弓部隊&魔法部隊さえ無事なら勝機はまだある。

よし、もう一発ヘイト&ルアーだ。

スキルを使うと、左の頭に当たった。やべ、ケルベロスの左の頭が俺に迫る。

「ファストシールド！」

「……ロゼ、か」

俺を庇《かば》う形でロゼが盾スキルを使用していた。

無論、無傷とはいかないが健在な所を見るに盾スキルの効果は期待できるっぽい。

「絆、あいつの攻撃はオレ達が防ぐ。このままヘイトを稼いでくれ。攻撃が絆に集中すれば近接攻撃も出来る」

近くにはミドルアーマーを着込んだ両手斧や両手剣といった攻撃力の高い武器を持つプレイヤー達。確かに硝子達みたいなアクロバットを全てのプレイヤーに求めるのは酷ってもんだよな。

ちなみにヘイトアップ系のスキルは近距離攻撃に多いらしい。

当たり前だよな。後衛に攻撃が集中して良い訳が無いし。

だからヘイト&ルアーみたいな遠距離属性の付いたスキルは少ないそうだ。

代わりにダメージは低い。多分だがこのスキル、本来の用途は魚を呼び寄せるスキルだ。特殊な環境とはいえ、今この瞬間役に立つので良いとしよう。

「分かった！　高威力スキルでささっと、あのデカブツを倒してくれよ！」

「任された。行くぞ！」

矢が刺さり、魔法が焦がし、武具が穿《うが》つ。

今、正にディメンションウェーブは終結を迎えようとしていた。

十四話　ディメンションウェーブ　終結

――――!?

誰の攻撃で仕留めたかは不明だが、引き裂く様な咆哮《ほうこう》と共にケルベロスは倒れた。

同時に白いフラッシュが起こり、その場にいる誰もが次の攻撃に身構えた。

閃光《せんこう》が晴れ、やがて瞳に映った光景は青い空と白い雲……元に戻った空間だった。

そしてどこからか白い花びらが吹き荒れる。

周りを眺めると辺りは花畑で、様々な花が咲き乱れていた。

「よっしゃー！」

気持ちの高ぶった誰かが言葉を紡ぐ。それに釣られて勝鬨《かちどき》を上げ始める人々。

「おつかれー」

「お疲れ様～」

「おつです」

「乙」

オンラインゲームにお決まりの勝利後セリフをバックミュージックにしながら俺は花畑

を絨毯《じゅうたん》にして腰を下ろしていた。

この身体……絆†エクシードは疲労を感じないが、精神的に疲れた。

ヘイトを稼ぐという直前の緊張が途切れたのも大きい。スピリットにとってダメージを受けるのは強いストレスになるからな。

——ディメンションウェーブ第一波討伐！

システムウィンドウが強制的に表示されて、そう書かれている。

その中にはディメンションウェーブで如何《いか》に貢献したかが順位になって表示されている。

えっと、俺の総合順位は……。

——総合順位65位、絆†エクシード。

65位か。このプレイヤー群の中で65位なのは行った方か。

他にも様々なランキングが表示されていて、ベスト5位までは調べなくても名前が載っている。

——合計与えダメージ1位、紡†エクシード。

さすがは我が妹。大鎌の範囲攻撃と大群だったので相性が良かったのが理由か。

おお、物資支援なんかも評価に入るのか。

10位までにアルトとロミナの名前があった。

何だかんだであいつ等もディメンションウェーブに貢献していたんだな。

中には一月生活ランキングなどという項目もある。これはおそらく設定された基準から算出された日々の生活を謳歌《おうか》しているか、といった所か。

料理や家を作ったりするのがこれに入ると思う。

俺は542位だった。

「うわ、8万もダメージ受けている奴がいる！」

「普通死んでね？　復帰して死にに来たとか？」

「スピリットかもしれねえぞ。アイツらエネルギー多いし」

イベントでの被ダメージの項目で2位を大きく上回って1位を取っている奴がいる。なになに？

——被ダメージ1位、絆†エクシード。

あれ、よく見ると衣服が外れてインナーになっている。

頭《こうべ》を垂れて、地面に両手を突いたポーズを取りたくなるっつーの！

……俺じゃねーか！

名前／絆†エクシード　種族／魂人
エネルギー／19550　マナ／8100　セリン／46780
スキル／エネルギー生産力Ⅹ　マナ生産力Ⅶ　フィッシングマスタリーⅣ
解体マスタリーⅣ　船上戦闘Ⅳ
ヘイト&ルアーⅠ　クレーバーⅢ　高速解体Ⅲ　元素変換Ⅰ

……まあ、こんな感じだからな。

「装備に必要なレベル……じゃなくてエネルギーを下回ったって事か……」

そもそもこのゲーム装備レベルとかあったのか、知らなかった。

つまり装備に必要なエネルギーを満たせず強制的に解除されたって所か。しょうがないのでアイテム欄から以前使っていた装備を取り出して付ける。

エネルギー不足で強制的に外れた防具はいつの間にかアイテム欄に収まっていた。そんな感じで順位などをスクロールしているとランキング以外にも項目がある。

——追加スキル及び、アイテムの実装。

他、新技術という表現で道具や既存の特化武器と派生武器などの説明がある。身近なもので大鎌が戦鎌に特化。片手剣なら派生に双剣。両手剣なら派生に刀。みたいな感じで今まで以上に武器系統に差が出る形となっている。

いわゆるゲーム的に追加パッチといった所か。

次のディメンションウェーブで確認しないと判断できないが、多分ディメンションウェーブをクリアする度に追加アイテムやスキルといったパッチが当てられるのかもしれない。

お、釣竿《つりざお》の項目にリールの実装と書いてある。これは後で絶対手に入れなくては。そんな感じで追加項目をスクロールしていく。

「種族の能力解放？」

説明を流し見ていると種族の項目があったので目を止める。他の種族は後から調べるとしてまずはスピリットからだ。

――媒介石の実装。

魂を現身に維持させる為の依《よ》り代《しろ》となる結晶石。

という触れ込みで、付け替えの可能なスピリット専用装備、らしい。

効果は媒介石によって様々で、エネルギー生産時間を短縮させるものやスキルによるエネルギー使用量を減少させるもの、シールドエネルギーなどが簡易的に書かれている。

そして最後にディメンションウェーブ貢献度に応じてアイテムが送られるそうだ。

総合順位から計算されて1～5位、6～100位、101～1000位、1001～5000位、それ以降で報酬が変わるらしい。

一応俺は65位、多少は良い物が出る事を期待しよう。

報酬を受け取りますか？　と選択肢があったので『はい』を押す。押すとルーレット、数字や果物などの絵柄が回る。人魂のマークが横一列に並んだ。

――エネルギーブレイド獲得。

おお、これはスピリット的に期待できるんじゃなかろうか。

何故か普段は表示されないアイテム説明が映し出される。

エネルギーブレイド。

武器系統、なし　攻撃力0。

装備条件、魂人　装備に必要エネルギー2以上。

任意でエネルギーを振り込む事で攻撃力を増加させ、一振りに限りダメージを与える。

注意、一度振ると命中の有無にかかわらずエネルギーカウントは0に戻る。


剣身の付いていない柄だけの剣だ。昔のアニメや映画にこんな感じの武器があったな。

いざという時に力を発揮する選ばれた者が使う光の剣。

イメージ的にかっこいいが効果的にはどうだろう。個人的には、良いような悪いような、微妙な武器だ。

スピリット専用装備なんだろうが、使い道に悩みそうな武器だと思う。少なくとも、現状は使わないだろう。まあそのうち使うかもしれないし、丁重に保存しておくか。

「絆さん」

エネルギーブレイドをアイテム欄に仕舞った所で硝子がやってきた。そんな硝子にお決まりの言葉である『おつかれ』と一言呟《つぶや》くと硝子も同様に返してきた。

しかし当の硝子はディメンションウェーブ討伐が完了したというのに浮かない顔をしている。心配になって立ち上がりながら訊ねる。

「どうした？　何かあったか？」

「いえ、今回私が無茶ばかりをした所為《せい》で絆さんに多大な被害を与えてしまって……」

「なんだ、そんな事か。気にするなよ。ゲームは楽しんだ奴が一番って大昔から決まっているんだからさ」

「ですが――」

硝子の心配している事は俺の総エネルギーの事だろう。

劣勢の時に大群から受けた攻撃、紡を守って受けたダメージ、ヘイトを受け持って受けた致命傷。どれを取ってもエネルギーを失うに等しい攻撃だったからな。たとえ全て俺が選んだ事で受けたものでも間接的に自分が関わっている事が心残りなのだろう。

だけど俺は知っている。

ケルベロスからの攻撃を何度もあのカウンタースキルで防いでくれた事。

無論チャージの必要な扇子では連続の使用はシステム的に不可能だ。

それでも、あの接戦の中にいて俺に意識を向けてくれた事が嬉しかった。

「ともかく第一波が終わったんだ。これからは海だよ、海！　あそこで稼げば取り戻せるさ」

今までもこうして稼いできたんだ。これからは本腰を入れて海に出れば良い。

「でもエネルギー的に厳しいか。そもそも現状じゃあ寄生になりそうだな」

「そんな事はありません。私は絆さんをあの先へ至るお手伝いをしますから……いえ、したいんです」

「それは助かる。硝子は頼りになるからな。今回はそれが凄《すご》く分かった」

ケルベロスに行ったアクロバットを忘れていない。

そもそも紡と同レベルのプレイヤースキルを持っていた事に驚きだ。

もしも前線組に復帰したいとか言い出したら、というかゲーム的にはそっちの方が世界に与える影響は良いんだろうけど、生憎《あいにく》と硝子はこういう性格だからな、きっと俺達と一緒にいてくれる。

そんな硝子に前線組に復帰するか？　という質問は無粋だろう。

「ともかく今日は疲れた。第一都市に帰ってゆっくり休もうぜ」

「その事なのですが……」

「なんだ？」

硝子は人差し指を口元に当てて『静かに』のポーズを取る。

そして視線だけをケルベロスの死体に向けた。なるほど……解体か。

ロゼ達に話そうと思ったが色々あって解体武器の効果を話していない。

何よりもあの時の俺は平然を装ってこそいたが少し機嫌が悪かった。

仲間を貶《けな》されたのだから当然だろう？

ケルベロスの向こう、プレイヤー達にも目を向ける。既にイベントが終了したので帰還を始めているプレイヤーは多い。

節約をする者は徒歩だが、前線組ともなると帰路ノ写本を惜しげもなく使っている。

中にはこれから更にモンスター狩りに行くと発言している猛者までいた。

これだけのプレイヤーが一堂にいる場所で解体作業を行えば当然バレるだろう。

仮に隠し続けるとすれば、安易に解体作業は行えない。

「少しゆっくりしませんか？　こんなに綺麗な場所なのですから」

「……そうだな」

ゲーム製作者も粋な事をしてくれると思う。

ディメンションウェーブを討伐したら辺り一面幻想的な花畑だもんな。

せっかくの現実と遜色ない……下手をすると現実よりも綺麗なのだから堪能するに越した事は無い。まあ先程まで戦っていた凶悪なモンスターの死骸が視界にあるのはシュール過ぎて逆に笑えないが。

「絆殿！」

「闇影か、おつかれ」

「おつかれでござる。それより聞いて欲しいでござる」

「おう、何か良い事でもあったか？」

「自分、スピリットランキングで1位になったでござる！」

「ああ、またの名をエネルギー量ランキングか」

総獲得エネルギー量が１００万の闇影なら確かに1位を取れそうだな。

今回の戦いも常にサークルドレインを使っていただけに妥当な線か。

「そういえばしぇりるはどうした？」

「……さっきからいる」

「うわっ！　ビックリさせるな」

いきなり背後から声がしたので驚いた。

潜伏スキル持ちでもないのに存在感を消せるとは中々やるな。単に俺が連戦で疲れていて注意力散漫になっていたのが原因だが。

終盤、闇影よりも空気だった気もするしぇりるだが、ボス戦闘の邪魔にならない様に雑魚モンスター討伐をしていたらしい。

地味な作業だが、結構重要な役回りだ。

なんていうか、細かい所に気が回るしぇりるっぽいと納得してしまった。

しぇりるは鳥系モンスターが逃げ出したりすると、しっかり追い討ちを掛けるからな。

そういう先を読む技術は素直に参考にしたい。

ともあれパーティーメンバーが全員揃《そろ》った。

「まあお前等なら分かると思うが『アレ』のついでに花見しながら祝勝会と行こうぜ」

「良いでござるな！」

「ん」

「はい」

まあ春でも花見なんて現実ではした事が無いのだが、戦闘後の高揚感からか、それとも仲間と一緒に何かを成し遂げられた事からなのかは分からないが、妙にワクワクした。

……実際は、花を見るだけなのにな。

紡の仲間、ロゼのパーティーが来た。お？　らるく達も一緒にいる。

「絆お兄ちゃーーん！　むふー！」

大鎌を持ったまま紡が抱きついてきた。

抱き止めようと思ったが、エネルギーが少なくなった影響か、のしかかられる形になる。

「大活躍だったな。絆の嬢ちゃん」

「そういうお前等もな。何人か100位以内に入っていただろう？」

「運が良かったからだ」

「これから祝勝会をする予定だが、ロゼやらるく達も一緒にするか？　刺身を振る舞うぞ」

一応訊ねてみるもロゼは少し考えた素振りを見せた。

まあ見知らぬパーティー同士だと気を許せない気持ちも分かるが。

「良いねぇ……てりす。どうする？」

「らるくー絆ちゃん達に悪いわよ。こういう時は二人で楽しみましょうよ。デートする予定だったでしょ」

「あ、そうだった。悪いな、絆の嬢ちゃん。この借りは後で返すからよ」

どうやららるくは参加しても良いと思っていたけれど、てりすはらるくと二人で戦勝会をしたいみたいだ。

ゲームにログインしたばかりの時、らるくとてりすは忙しい日々の息抜きに参加した様な話をしていた。二人の時間を大事にしたいとてりすは思っているのだろう。

「気にしないで良い。また機会があったら参加してくれ」

で、ロゼの方はというと。

「俺達も今回は遠慮しとくよ。あんまりゆっくりもしていられないからな」

「その感じだとこれから狩りか」

「実装された武器やスキルの効果も調べときたいからな」

「そうか、前線組も大変だな。まあがんばれ」

さすがは前線組といった所か。あれだけの事があってもすぐに戦いに身を投じる。

ぶっちゃけ俺だったら一日位ゆっくり休みたいと思う。まあ俺もゲームに一度ハマると数時間近く続けてやるのだから人の事は言えないか。

まだ何か話があるのかロゼは言葉を続ける。

「それで相談なんだが確か……函庭硝子さん」

「私ですか？」

硝子が不思議そうに返事をする。

この流れはきっとパーティーへの誘いってやつだろう。まあ硝子の活躍を知れば誰でもパーティーに入れたいと考えるか。

「よかったらオレ達のパーティーに入ら――」

「遠慮します」

ロゼが言い切る前に即答した。闇影やしぇりるが何か言おうとしていたみたいだが、問答無用で即答だった。

正直、ちょっと意外だ。

硝子は人の目とか、道徳観念などを気にする所があるから、断るにしてももうちょっとやんわりと答えると思っていたからだ。しかし同時に納得している部分もある。

硝子って本人も口にしていたが聖人君子じゃないというか、こうと決めたら無鉄砲な所がある。だからこんな風に断るのも硝子らしいとも感じた。

ロゼの方もまさか即答されるとは考えていなかった様で少し動揺している。

「君の腕前なら前線組でも十分活躍できるはずだ」

「それでも絆さんと一緒に行くと決めているのです。私の魂に誓って」

……初対面の頃から硝子はこういう奴だけど、凄《すご》く照れる。

なんとなく出会った時にされたお辞儀を思い出してしまった。

「そうか……絆、引き抜く様な事を言ってすまなかった」

「問題ない。硝子はこういう奴だからさ」

「みたいだ……奴等は見る目がない」

奴等というのはおそらく硝子の元パーティーの事だろう。スピリットという種族の風聞だけで物事を決めたのは早計だったな。

まあ攻略ｗｉｋｉを全てと鵜《う》呑《の》みにするプレイヤーに陥りがちな知識不足って感じか。

硝子と意気投合したというのだから元は良かっただろうに、本当残念だ。プレイヤースキルはトップクラスなのにな。

「じゃあオレ達は行くぜ」

「おう、またよろしくな」

軽く手を振り合ってロゼ達は帰路ノ写本を使って飛んでいった。

「んじゃ嬢ちゃん達、またなー！」

「またねー！」

らるく達も手を振って、第二都市の方へと歩いて行ってしまった。

そしていつまでも俺にのしかかったままのマイシスター。

仲間を優先して会いに来ない奏姉さんの方がまだ楽かもしれない。後でチャットで会話が飛んでくるだろう。

「あのな……」

「なあに？」

「お前のパーティー、先に行ったぞ」

後ろを振り返りロゼ達がいない事を確認する紡は指を咥《くわ》えて『う〜ん』と首を傾げた。

「どうした？」

「……絆お兄ちゃん達はこれからお花見？」

「その予定だが？」

「…………」

なんか紡が俺の目をジッと見つめてくる。

この目は紡が真剣にゲームをしている時の目だ。考え事、というか脳が動いている時の目とでも表現するか。この状態の紡は全力の姉さんでも止められない。ある種、トランス状態に近い。硝子にも言えるが、集中力が高いんだろうな。

紡の場合、好きな事……つまりゲーム限定だが。

そして考え事は終わったのかニコっと微笑み。

「き〜っめた！　絆お兄ちゃん、またね！」

そう口にして帰路ノ写本を使い飛んでいった。なんだったんだ？

って所で予想通り奏姉さんからチャットが飛んできた。

「終わったわね。そっちはどう？」

「分かってるでしょ」

「そうね。ダメージキングの姉って今指差されてるわよ。次はもう少し上手く立ち回ってね」

奏姉さんの言葉が重たい。しっかりと血縁関係だって分かる名前をしているもんなぁ。

「何処《どこ》かで合流する？　こっちは知り合いと第二都市でパーティーを開く予定よ」

「悪い。こっちも内輪で祝う予定」

「そう。ならしょうがないわね。後で話をしましょ」

と、奏姉さんは簡潔にチャットを終わらせた。一応、気に掛けてはくれているんだな。

と……今はみんなの為に俺も奮発しないとな。

「とりあえず、予定通り花見でもするか！　よーし！　皆！　今日は豪華にビンナガマグロで刺身を作ったぞ！　他にもどんどん作るから楽しみにしてくれ！」

料理技能はもうⅢに振れるまでになった。なので外していた料理技能を再取得して料理を始める。

調味料も多少は確保しているし、色々な魚料理を作るとしよう。

「やったでござる！」

「うん……」

「楽しみです。とは言いましてもそろそろ別の料理も食べたいのですが……」

「そう言うと思って焼き魚定食と刺身定食、海鮮丼等も用意した！　生憎《あいにく》とフライはまだ出来ないけれど、鍋は出来るようになったぞ！」

調理器材の鍋を取り出してどーんと簡易キャンプセットで煮立たせて料理を始める。

鍋は楽な料理筆頭だ。何せ大体鍋に食材を入れて煮るだけで出来る。

このゲームもそのあたりを察しているのか鍋料理の難易度は低めになっている。料理のレシピにもあるし、漁師の料理レシピにも記載されているぞ。

色々と試した結果、投入する食材でどんな鍋になるか結果が変わるのだ。システム的なレシピを知っていると結果に補正が掛かるってらるくとてりすが言っていたっけ。

俺が今まで手にした一番良い食材を使った鍋にしよう。

ぐつぐつと良い食材を全部投入し、調味料で覚えている限りの配分で作成を試みる。主を解体して手にした最高級ニシンの切り身をつみれに加工して投入だ。

しばらく煮ていると良い匂いが立ち込め始め、硝子、闇影、しぇりるが鍋を囲う。

「凄《すご》く良い匂いでござる……」

「食欲をそそる良い匂いですね」

「そう……」

「これまで手にした良い食材を使っているからなぁ……」

「奮発していますね」

っと……完成。

お？　なんか良い感じに料理アイテムの描写が入った。

ニシンのつみれ鍋+5
ニシンをつみれにして鍋にした物。ふわふわのつみれの食感が心地よい。
高品質食材使用により食事効果変化、熟練度アップ、体力回復向上（弱）

おおお！　なんか+5とか凄い数字で作り出せたぞ！

しかも食事効果変化とかが付いていて食べるとしばらくの間、熟練度のアップって効果がある。普段は体力回復向上（弱）だけだったはずだ。

「……」

「……これを食べた後はしばらく狩りをしたくなくなりますね」

「そうでござるな。無駄な事をするのが勿体《もったい》ないでござる」

「ＹＥＳ……」

しぇりるが発音の非常に良い英語で同意したぞ。

硝子と闇影が俺をせつない顔で見つめてくる。

「こんな大事な時になんてものを絆さんは作るんですか……」

「狙ってやった訳じゃないっての！　それにしぇりるはともかく俺達はスピリットなんだから無駄な事なんてないから！　なんなら何か手に職を付ける様な事をすれば良いんだ！」

「うう……なんとも非常に勿体《もったい》ない気もしますがお腹が空いた気がします。みんな、楽しく食べましょう」

「賛成でござる！」

「うん」

「じゃあ……頂きます！」

俺達は鍋を囲って箸を伸ばす。

うま！　美味い！　って単純な言葉しか出てこない程につみれ鍋の味が良い。

ほっぺが落ちるとはこの事だ。自画自賛になるが自分で作ったなんて思えない味わいだぞ。現実に戻って家で作ってもこんな味わいの鍋を作れる自信がない。

「美味しいでござる！　これはまさに料理の味でござるな！」

「ええ！　単純に戦っているだけでは得られない美味しさだと思います！　魔物と戦うだけが全てではないと、この鍋を食べたら思えますね」

「デリシャス……？　うま……い」

しぇりる。なんで疑問符を浮かべている。パクパク食べてるけどさ。

「うん。これは俺も最高傑作だな……もっと美味く作れるように料理技能は上げた方がやりがいが出来そうだ」

釣りって魚を釣るだけじゃなく釣った魚を料理して食べる楽しみもある。

うん。ゲームが終わるまでにゲーム内に存在する全ての魚料理を作って食べるって目的を持つのも良さそうだ。

「絆殿の成長が実に楽しみでござるよ」

「ええ。どうかこれからもよろしくお願いします」

「次は……スシが食べたい。お願い」

「ハードルを上げてくるなぁ」

それから俺達は誰もいなくなるまで話に花を咲かせてのんびり過ごした。

〈『ディメンションウェーブ 2』へつづく〉

ヒーロー文庫

ディメンションウェーブ 1

アネコユサギ

2020年1月10日 第1刷発行

発行者 前田起也

発行所 株式会社 主婦の友インフォス
〒101-0052 東京都千代田区神田小川町3-3
電話／03-6273-7850（編集）

発売元 株式会社 主婦の友社
〒112-8675 東京都文京区関口1-44-10
電話／03-5280-7551（販売）

印刷所 大日本印刷株式会社

ISBN 978-4-07-441900-5